汝州 古山寨

汝州市档案局　陈素贞　编著

寨又称寨堡、堡寨、砦、圩寨等，属于历史上特殊时期的民间防卫性建筑，在全国范围内曾大量修建。山寨，即建在奇险的高山之巅，或建在陡峭的黄土高台之上的寨子，是一种临时性的避难场所。

上海文艺出版社
Shanghai Literature & Art Publishing House

图书在版编目（ＣＩＰ）数据

汝州古山寨 / 汝州市档案局 , 陈素贞编著 . -- 上海：
上海文艺出版社, 2023
（神农文化）
ISBN 978-7-5321-8924-3

Ⅰ. ①汝… Ⅱ. ①汝… ②陈… Ⅲ. ①散文集－中国
－当代 Ⅳ. ①I267

中国国家版本馆 CIP 数据核字 (2024) 第 008566 号

发 行 人：毕　胜
策 划 人：杨　婷
责任编辑：李　平　程方洁　汤思怡　韩静雯
封面设计：悟阅文化
图文制作：悟阅文化

书　　名：汝州古山寨
编　　著：汝州市档案局　陈素贞
出　　版：上海世纪出版集团　上海文艺出版社
地　　址：上海市闵行区号景路 159 弄 A 座 2 楼
发　　行：上海文艺出版社发行中心发行
　　　　　上海市闵行区号景路 159 弄 A 座 2 楼 206 室　201101　www.ewen.co
印　　刷：成都市兴雅致印务有限责任公司
开　　本：880 × 1230　1/32
印　　张：85
字　　数：2125 千
印　　次：2024 年 1 月第 1 版　2024 年 1 月第 1 次印刷
Ｉ Ｓ Ｂ Ｎ：978-7-5321-8924-3
定　　价：398.00 元（全 10 册）

告读者：如发现本书有质量问题请与印刷厂质量科联系　T：028-83181689

汝州古山寨 _{鲁慕迅}

闻悉《汝州古山寨》编纂出版，汝州籍书画家鲁慕迅欣然为本书题写书名。

鲁慕迅，1928年12月26日出生于河南汝州，一直致力于中国画的创作与美术理论研究，兼攻书法、诗词，为中国当代绘画代表性画家、"长江画派"创始人之一。

编纂委员会

主　任：黄　彬

副主任：杨辉星　　樊和平　　范红超　　韩增群

成　员：王延军　　张志强　　胡海伟　　连艳红

　　　　周遂记　　李志军　　王红琴　　赵方方

　　　　郭晓红　　陈建国　　郭鸿志　　彭忠彦

　　　　张礼安　　常文理　　杨光照　　陈素贞

　　　　贾顺卿　　刘孟博　　贾振杰　　平党申

序　言

打捞穿越历史沧桑的文化遗存

彭忠彦

　　寅虎年菊月，汝州市档案局（馆）编研室的陈素贞（笔名阿贞）女士送来他们将要付梓的《汝州古山寨》书稿，并嘱我作序。

　　一边拜读这本大部头的专著，一边回想阿贞等文化人士为探访普查汝州古山寨付出的劳动和艰辛，不胜感动中升起几多感慨。

　　"举而措诸天下之民，谓之事业"（孔子《系传》）。对"事业"独特的认知，是对生命的真正体悟。十多年来，阿贞在市档案局（馆）领导的支持和鼓励下，把汝州古山寨等文化遗存的打捞、走访、普查、整理、编纂当作人生的一项事业去做，故而坚韧而执着。她进深山登绝壁，访寨垛寻古堡，坚持十多年用镜头拍摄古寨春秋，用文字记录历史沧桑，数易寒暑，终成正果。这是汝州第一部全面系统记录古山寨概貌和整理、挖掘其丰富文化内涵的专著。镜头语言与文字语言珠联璧合，相映成趣；局部镜头的特写和航拍镜头的大视野互为诠释，令人耳目一新；介绍山寨自然风貌和历史文化的文字简约凝练、厚重质朴，表现出作者驾驭文字的深厚功底和朴实文风。

　　全书共收录汝州境内目前寻访到的、建筑遗迹比较丰富的古山寨79座。书中除了详细记载每座山寨的概况之外，还附有山寨分布图、山寨方位及坐标（均以卫星地图为准，用经纬度精确标示），并根据寨中碑碣、史书记载、卫星地图标示、附近村民世代口口相传等，仔细考究每座山寨名称的来由和建筑年代，严谨认真，一丝不苟。更难能可贵的是：作者在详细记述古山寨的现状后，还在每座山寨后面标到此游览的线路。可以说，本书既是一部汝州古山寨历史的荟萃，又是一部丰富的地理文化专著，更是一部助推汝州全域旅游文化产业发展的工具书。

汝州地区的古寨堡，大多都有久远的历史，作为一种独特的历史文化遗存，拥有重要的文化价值，是特殊历史时期社会风貌的反映。收入书中的这些古寨堡是历史上汝州百姓为躲避战乱或匪患，保卫生命财产而修建的一种防御工事，大多建造于山巅陡崖处，加之历经沧桑岁月的自然损毁和人为破坏，隐形和偏安一隅，故而寻访的过程艰辛而又漫长。

"居高声自远，非是藉秋风"，在汝州市档案局（馆）领导的统筹安排和全力支持下，从2008年开始，阿贞在同事们的协力配合下，开始有计划拍摄记录这些古山寨。从寻找山寨位置到亲自登顶察看，从相机拍摄到购置无人机航拍，从丈量山寨概貌到走访寨子变迁，从拓印寨中碑碣到查阅相关史料文献，平均每座山寨都要前往数次、耗时数日才能弄清其中原委。

在攀爬高山、登临绝壁、走访山寨的时候，她柔弱的身躯需要背负沉重的摄影器材和测量工具等，这期间虽遭遇中暑、摔伤以及持枪歹徒胁迫和家庭变故等，但她从未因此而放弃，而是用坚韧的执着和令人唏嘘的一腔虔诚，最终为我们"绘制"出汝州历史上第一部资料翔实的"汝州古山寨"图。

汝州古山寨在她的镜头和文字语言下遗世独立。石榴嘴寨的雄奇险秀，棽铧山寨的危崖高耸，辉泉保安寨的红色印记，袁窑寨的古建艺术，祖师顶寨的文化内涵，姑嫂寨的神奇传说……以及融合在山寨中的人文精神和自然景观，无不在她镜头语言和妙笔生花的文字描述中栩栩如生，引人入胜。

"十年寻访山寨，一纸书写沧桑"是对阿贞登临悬崖绝壁、用心血和汗水铸就《汝州古山寨》艰苦走访过程的真实写照。十多年间，她斩荆棘、攀险山，走别人没有走过的路，看别人看不到的风景，寻找那些鲜为人知的人文遗迹，追求特立独行的完美旅行方式，看似浪漫洒脱，而其中苦辛只有自己能够体会。

"对一个人来说，所期看到的不是别的，而仅仅是他能全力以赴和贡献于一种美好的事业。"（爱因斯坦）。具有文化情结的阿贞女士和她的同事们，无法割舍祖辈扎根土地而涌动在血液里的一脉乡情，扎根基层，深入民间，十多年如一日，为古山寨树碑立传，搜寻打捞这些穿越历史沧桑的文化遗存，并竭尽全力予以抢救和保护，做了一件可称得起"事业"的大事、好事，其功不可没。

阿贞女士钟情文化，爱好广泛，绘画、摄影、文学创作、碑帖拓印、收藏等门类无不涉猎。在暑去寒来的岁月递嬗中，她和档案局（馆）的同事们，走遍了汝州的山山水水，用镜头和文字的双重语言，记录着汝州城乡快速发展之变迁，先后走访并拍摄记录了汝州古山寨、古村寨、古碑碣、古寺庙、古戏楼、古桥梁、各种水利设施的演绎变迁，以及濒临失传的传统手工艺等系列专题。

一个国家、社会的兴衰成败重点在文化，在教育。南怀瑾先生曾经说过："我常常感到，国家亡掉了不可怕，还可以复国，要是国家的文化亡掉了，就永远不会翻身了。"（《南怀瑾讲演录》）。在汝州有一批像阿贞这样具有人文情怀的追求者，坚韧不拔地守望和挖掘弘扬传统文化，他们的物质生活也许并不富有，但颇具文人情怀，不谋高官厚禄，不为世俗所囿，固守清贫，特立独行，在保护、传承和弘扬传统文化的道路上艰难跋涉，成果迭出，《汝州古山寨》就是其中的代表之一。

值《汝州古山寨》问世之际，献上肺腑之言，权以为序，表达对阿贞女士的敬重和祝贺！

彭忠彦（汝州市作家协会名誉主席）

2022年10月于汝州抱朴斋

汝州古山寨概述

  汝州地区的寨堡，可分为山寨和村寨两个类别，其作用都是为了加强自保以及防御来犯之敌。不同的是，村寨多建在平原地带，是以村子为单位、可长期居住的固定场所；而山寨或建在奇险的高山之巅，或建在陡峭的黄土高台之上，是一种临时性的避难场所。

  本书重点选取目前在汝州境内寻访到的、建筑遗迹比较丰富的79座古山寨，以文图结合的形式加以介绍。其村寨部分，将在另本书中详细记载。

  寨又称寨堡、堡寨、砦、圩寨等，属于历史上特殊时期的民间防卫性建筑，在全国范围内曾大量修建。

  从汝州现存的古寨碑碣及文献史料可以看出，汝州历史上修筑寨堡的高潮，大致可分为金末元初、明末清初、清嘉庆年间、清咸丰同治年间、清末民初等五个大的时期。特别是明清时期，为保护人们的生命财产安全，政府和民间都极为重视寨堡的建设。民众在政府的推动下，在村镇外围、地势险要的黄土高台上或者在易守难攻的山巅，构筑起规模大小不一、形制各异的寨堡，用"坚壁清野、全民皆兵"来防御寇盗，保卫家园。

  历史上汝州曾修建有多座古山寨，但因年代久远，很多已经坍塌而踪迹全无。截止到2022年9月，寻访到的汝州古山寨，主要分布于汝州东北部、西南部以及北部山区，其中大峪镇38座，寄料镇9座，陵头镇12座，焦村镇3座，蟒川镇3座，临汝镇2座，杨楼镇2座，夏店镇3座，米庙镇2座，庙下镇1座，小屯镇1座，骑岭乡1座，王寨乡2座。

  这些古山寨按照建造形式可分为四种类型：

一、独立山寨（即单独修建在山脊、山腰或者山顶的垒石寨子）47座

大　峪： 白朗寨、白云寨、半天窑寨、大红寨、南瓦岗寨、高岭寨、耿庄寨、灌顶山寨、保安寨、见子岭寨、老嶓寨、雷泉东寨、雷泉西寨、马鞍桥寨、马头崖寨、方寨、摩天寨、南天门寨、永和寨、石榴嘴寨、双石垛寨、万安西寨、下焦寨、天雄寨、邢坪寨、旋风垛寨、羊福岭寨、玉皇山寨、祖师顶寨、观音堂寨；

寄　料：猴王寨、松崖寨、来安寨、牛家寨、四寨山大寨、四寨山二寨、青阳寨、
　　　　崖屋寨；

焦　村：擂鼓台寨、孙泉沟寨、魏沟马鞍桥寨；

临汝镇：尖山寨；

陵　头：天心寨；

蟒　川：蒋姑寨；

小　屯：三山寨；

杨　楼：印山寨；

王　寨：阳郡山寨。

二、加强型山寨（即在独立山寨原有的防御基础上，另外在寨门口或寨墙外加筑一段或半圈寨墙，作为山寨的外围防线）8座

大　峪：姑嫂寨、楼铧山寨、棉花寨、三角寨；

陵　头：红石寨、脾山寨；

寄　料：草积山寨；

蟒　川：瓦岗寨。

三、双层山寨（即在面积较大的山寨之中另建一小型山寨）2座

大　峪：磨盘山寨；

蟒　川：老婆。

四、黄土崖寨（即利用地势险要的黄土高台，夯筑起临时避难的土寨）22座

陵　头：陈窑寨、庙湾寨、三十亩寨、天保寨、万安寨、王湾寨、杨沟寨、杨家寨、潘家寨；

大　峪：万安寨、寨湾寨、赵楼寨；

夏　店：荆阳寨、杨窑寨、玉阳寨；

米　庙：麻城寨、武窑寨；

临汝镇：西湾寨；

庙　下：神佑寨；

杨　楼：华山寨；

骑　岭：刘沟寨；

王　寨：宝泉寨。

汝州古山寨具有以下几个共同特点：

一、自发自主性。山寨的修建，尽管有时是"政府倡导于上，村民响应于下"而进

行的,但更多的则是地方上"身家殷实、品行端方"的士绅自觉发起并组织村民完成的。从动议、选址、施工到村勇攻防训练、值守、相关信息的传递、寨子的日常维护等事务,均由士绅或耆民组织管理,政府很少参与,甚至不参与。比如,大峪青牛山永和寨和辉泉保安寨中的碑文就记载着,此寨完全是村民自发地在运作。

二、选址险要性。山寨在选址上,均择地形险要、易守难攻之处,有以险代兵的目的。无论是选址于村落周边崖壁陡立的黄土高台,还是选址于人迹罕至的崇山峻岭之间,所选寨址多为两面或三面临崖的崖壁地貌,也有选择四面高耸的孤岛型地形。上述地形,本就奇险无比,修建者只需要稍加修筑,就可以达到非常好的防御效果。如大峪的石榴嘴寨、祖师顶寨、摩天寨、半天窑寨等等。

三、攻防配套性。无论是高山之巅的垒石寨,还是黄土崖上的黄土寨,在设计建造之时,均设有用于实战的防御设施,比如高而厚实的寨墙上建有垛口、瞭望孔、射击孔,四角则筑有炮楼等。有的山寨模仿城池的修造,在寨门外另外建造一道或者是半圈寨墙,作为第一道防线,来增强防御性,如大峪的棉花寨、三角寨、楼铧山寨、姑嫂寨,陵头的红石寨等。

有的山寨甚至还修建有内外两层的"寨中寨",内寨如同城市的子城一样,作为全寨的核心区域,是人们临时居住和存放粮食等贵重物品的地方,在外寨被攻破以后,寨内人员还可以依托内寨的寨墙,再次展开防守与战斗,如大峪的磨盘山寨等。

四、临时避难性。山寨和村寨最大的区别就在于它是临时性的避难场所。故而山寨上虽然建有窑洞或房舍,但因山高路险且寨内大多没有水源,需要收集自然降水或人力运水至寨内的储水池中,故而生活十分不便,并不适宜长期居住,因此人们往往是有乱则逃避山寨暂居,待局势安定后,便各自返回家中。

五、寨庙并存性。很多山寨有寨子与庙宇并存的现象,但考究其修建时间,又有所不同。有的是筑寨地原本便有庙宇,后人于战乱年间,在其四周修建起高墙而成为寨子,如大峪旋风垛寨、耿庄寨;有的是为祈求神灵庇护,在筑寨时或筑寨后,在寨内增建庙宇,如寄料草积山寨;还有的是待社会承平时期,作为临时避难场所的山寨失去原有价值,人们便将空置的山寨改造成庙宇或在其中新建庙宇,如大峪青牛山永和寨。

鉴于此,汝州地区的古山寨,作为历史上一种特殊的文化遗存,是汝州地理特征和社会风貌的反映。山寨及其寨内保存的相关碑刻史料,对研究其修筑时期汝州的政治、经济、军事,及民风、民俗、乡里生活、建筑等均有很高的参考价值。概括起来,主要有以下三个方面。

首先是历史文化价值。汝州地区的古山寨均修建于改朝换代或兵荒马乱的动荡时期,古山寨的存在,对地方史志的研究具有实物参照意义,一些古山寨残存的碑记、匾额等,甚至填补了这一时期地方史志中的记载空白，使地方史料更加全面完善。同时山寨的倡议发起人及寨中首事，多为德才兼备、素有名望的士绅，他们在乡村社会治理中扮演着极其重要的角色，对他们事迹的采访整理，有助于人们了解当时的社会结构及社会风貌。而山寨修建过程中的倡议发起、经费筹集、寨首推选以及守寨制度等，则包含着大量的民俗事象和民间事务管理方法，对研究当时的民俗和乡里生活具有重大价值。

其次是建筑研究价值。汝州地区的古山寨不仅设计科学合理，将防御功能发挥到了极致，一些建筑的布局设置也极具美学价值，代表了当时较高的建筑技艺，凝聚了规划设计者和匠人的心血。

最后是旅游开发价值。近年来，随着旅游业的发展，原本人迹罕至的古山寨，因山峦险峻、风景秀丽、充满野趣，成为旅游、摄影、探险爱好者的理想之地，逐渐被大众所熟知，如能在避免破坏性开发的同时，科学合理地利用其资源，则定会有利于地方经济的发展。

总之，汝州古山寨的形成有政治原因，如社会动乱；也有地理因素，如境内多山或有因洪水冲刷而形成的黄土高崖。这些历史遗存，蕴含着丰富的文化信息，具有多种价值，需要给予必要的重视和保护，然后再进行科学合理的开发利用。否则，它们中的大部分将会彻底消失，这对于汝州来说，无疑是莫大的损失。

目 录

CONTENTS

寄料镇

陵头镇

焦村镇

蟒川镇

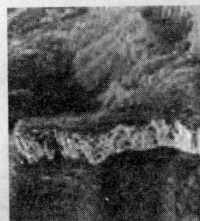

汝州古山寨之

大峪镇

大峪·石榴嘴寨

卫星图

位置： 东经112.948972° 北纬34.2420803°

建寨时间： 清同治元年（1862年）

石榴嘴寨坐落于汝州市大峪镇青山后村南、海拔810米的山顶上，因所在山崖外形酷似石榴嘴而得名。寨子围绕山顶而建，大致呈心形。

从东面航拍石榴嘴寨

从西面航拍石榴嘴寨全貌

石榴嘴寨地势十分险要，北面为陡坡，东面为狭长的山脊，西、南两面临崖，其崖壁高耸达几十米。

唯一的寨门开在东面。寨门为石拱券形，用红色沉积岩石垒砌而成。寨门上方镶嵌着一块青石寨榜，榜中有"迎旭"二字，榜右"同治元年"，榜左石留（同"榴"）寨建。

寨门北侧的寨墙上，与"迎旭"匾额同等高度位置，镶嵌着一块碑碣，记述了当年善士姚俊主持筑寨的经过："姚君讳俊者，有地一段，自以为筑寨善地也，与亲友相商，皆曰：'善。'即舍之……"

寨门正前方两米处，有一长约4米的石砌影壁，其高2米、厚约80厘米。

寨门外是一列自西向东蜿蜒数公里的断层山崖。

寨门

寨垛

寨内房舍残垣

　　因寨子西、南两面均为悬崖，故只在崖边砌齐胸石墙，以作防护之用，而在东、北两面则建有高大的寨墙。寨墙用山上的红色沉积岩石垒砌，高6米左右，厚1.5米，有寨垛、瞭望孔和射击孔，上部女墙另高出两米左右。

　　走进寨门，是一狭长、低于两侧地势的"小瓮城"，两侧有石梯可上到寨墙。寨门南面是一座两层高的炮楼。

　　寨中依着山势，建有许多房舍。据粗略统计，寨内共有54孔石窑、石房，保存较好的有30余孔，多为拱券式窑洞。除居住的建筑外，还有打更室、储藏室、储水池和饲养室以及供善男信女祭祀的庙宇等设施。

　　石榴嘴寨规模庞大，设计精巧，原本保存还比较完好，2014年7月，因有人想在寨子里修建大殿，擅自将寨子北墙东段推倒，从而造成寨门失去依托，趋于坍塌。

2014年7月，石榴嘴寨北侧寨墙被推倒

寨中窑洞

寨门南侧炮楼

西北角房舍残垣

寨东面的山脉

路线1：从靳马线驱车前往大峪青山后村，然后上山。

路线2：从米庙镇玉皇沟村一直向北到于窑村，然后沿着山路盘旋，亦可到达。

附：石榴嘴寨中碑碣　姚俊先生施地筑寨善行碣

从来有非常之人，乃能治非常之事。若姚君讳俊者，有地一段，自以为筑寨善地也，与亲友相商，皆曰："善。"即舍之，乐与人共筑其寨，得不谓之善人乎。故寨成，宜列诸石。因叙其略，以志不朽云。

合寨同立

大清同治元年　谷旦

大峪·保安寨

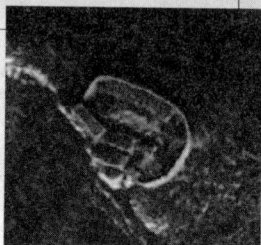

位置： 东经112.970018° 北纬34.238611°

建寨时间： 民国元年（1912年）

保安寨位于汝州市大峪镇高岭村辉泉自然村南、海拔800余米的山顶上，当地人俗称"辉泉寨"。

寨子东西长约70米，南北宽约45米。从西南面俯瞰保安寨，陡峭的山崖好像俯卧着的神龟，驮着椭圆形的保安寨。

从西南面航拍辉泉保安寨

保安寨全貌

　　寨子建于民国元年（1912年）。据寨中石碑记载："清末世变，土匪猖狂，民户临难。择地筑寨，使闾阎（lú yán，泛指平民百姓）有金汤之固，室家无离散之忧，其盛事也。"当时，辉泉士绅贾中金首倡筑寨保民事宜，并捐地三亩，赵永祥捐地二亩，用于筑寨。此举得到附近村民响应，"众人辐凑而致力，比户蚁附而助工，不数旬，而石寨告成。"

　　保安寨西、南两面临崖；北面是陡峭的梯形山坡，有蜿蜒曲折的小路联结山下村庄；东面是一凹形山体，与向东延展的山岭相连。

从东面航拍保安寨

寨门内侧

东南角窑洞

北侧窑洞

　　寨墙就地取材用青石砌成，除了西南面依崖势而就外，其余三面寨墙皆高6米、宽2米，有瞭望孔和垛口，上部均建有女墙。

　　寨门开在东北角，为石拱形，门高2.5米，宽1.8米，现保存完好。

　　寨中地势西南高、东北低。南、北、东三面依着高低错落的山势，修建有石窑洞，其中南、北两面的数孔窑洞保存较为完整，东面窑洞有不同程度的坍塌。

从西面山下仰望保安寨

西南角窑洞

从西面航拍保安寨

青石上的蓄水池

寨中间的一块大青石板上，有一人工开凿的石槽，系当年避难时蓄水之用。

路线： 从汝州市区驱车到大峪镇高岭村十字路口，一直向南行，经辉泉自然村后，上山即可到达。

附：保安寨中碑碣

创立保安寨碑记

碑额：流芳百代

清末世变，土匪猖狂，民户临难。择地筑寨，使闾阎有金汤之固，室家无离散之忧，其盛事也。辉泉村南保安寨，筑于民国元年，首事贾君中金舍地三亩，赵君永祥舍地二亩，以定基础。于君培敬、张君相南、贾君中才、贾君中福同心协力，以尽经营，兼之众人辐凑而致力，比户蚁附而助工，不数旬，而石寨告成。纪事表功，与寨俱长。

嗟夫，一时善举，万户苞桑。笔序不坚，因勒贞珉，故志之。

中华民国十四年二月吉日 立

大峪·高岭寨

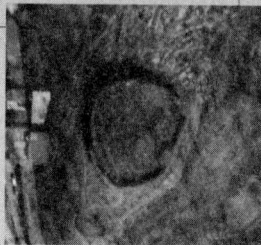

卫星图

位置：东经112.979076° 北纬34.260913°

建寨时间：民国元年（1912年）

　　汝州市大峪镇高岭村北坡组东100米处，有一座海拔560多米的山包，高岭寨就建在这座山的山头上，寨子因村而得名。

　　高岭寨虽无碑刻记载建于何时，但依据村中曾有老人出生于建寨时来推算，此寨的建造年代应为民国元年（1912年）。

从北面航拍高岭寨

高岭寨全貌

寨墙上的台阶

高岭寨是由高北、高东、高西、苇园和同丰几个村庄的村民联合修建而成。它南北长52米，东西宽44米，外形近似于圆形。

西侧窑洞

寨中东、西各有两孔相对而建、保存比较完整的窑洞。寨中地势原为中间高、四周低，近年有村民为了在此耕种，将中间高地向四周推平，以至于将两边窑洞口遮盖近半。

寨子南、北两面各开有一个拱形寨门，均高2米，宽约1.6米。两个寨门旁边，以及东西寨墙中间，均有台阶可登上寨墙。寨墙宽2米，高约5米，全部用石块砌成。

东侧窑洞

寨墙北面和西面离地约1.7米处，有两个瞭望孔。

北寨门

南寨门

寨墙

路线：从汝州市区前往大峪镇高岭村北坡组，即可到达。

卫星图

大峪·双石垛寨

位置： 东经112.965126° 北纬34.264741°

建寨时间： 不详

汝州市大峪镇高岭村双石垛自然村西有两座陡峭的山峰，远眺如同两座石垛。东垛较为平缓，遍植绿树；西垛高耸如椎，上有石寨，名曰"双石垛寨"。

从西面航拍双石垛寨

位于东南角的寨门

高耸的寨墙

寨子围山顶而建，大致呈西北—东南走向，外形基本为椭圆形。

四周寨墙所用石块系就地取材，雕凿成整齐的石块，再用石灰抹缝，垒砌成宽2米、高度约5米的寨墙。寨墙上部垛口稍有坍塌，但整体保存较好。

寨门开在东南角，为拱券结构，保存基本完整。上部曾有炮楼，现已坍塌。

东、西两面寨墙的中部和寨子西南角，另修建三座两层炮楼。值更人可以依此居高临下观察监视寨子四周的一切动向。

寨子里面的地形保持着山头的原始状态，东面为岩石凸起的高台，西面为地势较低的倾斜山体。东面高台上，有几处房基残垣。

西面靠近门口处，有一大坑，似为贮水坑。

中部为村民修建的一座关公小庙，里面供奉着高约30厘米的关公瓷像。

寨门外石阶

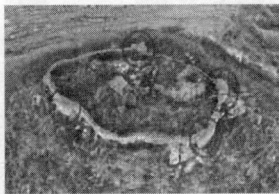

四座炮楼分布图

寨中小庙

路线：从汝州市区前往大峪镇高岭村双石垛自然村，即可看到山顶的双石垛寨。

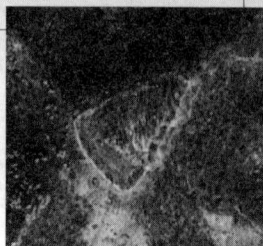

卫星图

大峪·白朗寨

位置： 东经113.036817°　北纬34.236978°

建寨时间： 不详

　　白朗寨位于汝州市大峪镇杨窑村西坡自然村西、海拔760米的山顶上，相传是清末民初白朗起义时所建，故名白朗寨，当地人俗称"白寨"。

　　又因寨子中间高、四周低，山顶高突部分多有青石覆盖，这些石板层层叠加，远望状如一只白龟，故而也有人称之为"白龟山寨"。

从东面航拍白朗寨

寨中层层叠叠的青石板

三月杏花开满寨，美景吸引游人来

寨墙围山顶而建，占地30多亩，略呈不规则的三角形，三角形最长的那个"角"指向东北方向。

寨子所处的山体周围陡峭，只有东北角和西北角是地势稍微缓和的山脊，两个寨门就分别建在这里。

东北角的寨门与门北边三孔石窑连为一体，门洞保存完好。三孔窑洞依托东北角寨墙而建，现寨墙墙体已坍塌，其余部分保存较好。西北角寨门仅余门洞，外有小路通向山下。

四周寨墙厚1.5米左右，全部用青石砌就、石灰勾缝。其中，东面寨墙上半部有所坍塌，其余三面寨墙保存较好，其残高在2~5米不等。

东北角寨门及北面的三间窑洞

西北角寨门及两侧寨墙

　　寨子西南面的青石板下，顺势挖有几处非常隐蔽的山洞。洞口狭窄且用黄土半掩，洞内宽敞，后边有小门向里延伸，有两三进之深，据说这些山洞相互有地道相通。

　　寨子北面地势低洼处，有一排十余孔掩映在绿树丛中的窑洞。这些窑洞依托北面寨墙而建，有单孔，也有两三孔相连，窑洞外侧墙壁上均留有瞭望口。

依着北寨墙而建的十余间窑洞

北面窑洞内部

寨子西南面，隐藏在石板下的窑洞洞口

从北面航拍白朗寨

石板下的窑洞内部结构

　　路线： 从汝州市区沿大峪东线行驶到杨窑村西坡组下车，沿村后山间小路向上攀登，即可到达。

　　提示： 白朗寨及四周山坡上均生长着很多野生杏树，建议在阳春三月杏花盛开时前往。

大峪·玉皇山寨

卫星图

位置： 东经112.921253° 北纬34.251309°

建寨时间： 不详

　　玉皇山位于汝州市区北部13公里许，山寨因建在玉皇山之巅而得名。

　　据寨中碑文记载："玉皇……乃上帝行宫，在汝州风穴寺正北山阳堡。"堡者，通常指军事上用以防守的建筑物，因此玉皇山寨最早或许为军事设施，至战乱年间，才修建为躲避战乱的山寨。

从东南角航拍玉皇山寨

北寨门（拍摄于2008年）

新修的北寨门（拍摄于2021年）

　　山寨东、南临崖，西面是陡峭的山体，北面为地势稍缓的山坡。唯一的寨门开在北面，面向缓坡地带。寨门宽约两米，原有坍塌，现已修复。

　　寨门两侧寨墙高耸。西侧墙内原为两层高的炮楼，现二楼顶部坍塌，仅余寨墙，其西、北两面墙上，均有瞭望孔。寨门东侧有石砌台阶，沿此可登上寨墙。

　　寨墙修建得相当牢固，青石之间均用石灰抹缝，现残高在2~5米不等，寨墙上的女墙、垛口及瞭望孔等亦多有保存。

　　寨子西面和西南角遗留有很多石块垒就的房基残垣，东面和南面有数间新修的庙宇。

　　寨内还有数座石雕小庙，大多为清代雕刻，有的上面还刻凿有记事文字。

寨内西面的房舍残垣

寨墙及女墙

寨门内侧

寨门内西侧的炮楼残垣

从寨内残存的建筑遗址以及碑刻可以看出，从明清到民国，每逢乱世，百姓便对玉皇寨进行修葺或扩建，最终形成了今日所看到的建筑规模。

寨中的庙宇原为"玉皇庙"，现新修建为"天盘庙"。

庙中现存明清碑刻十余通，最早的碑刻为明万历二十一年（1593年）风穴寺方丈凤林常鸟所撰的《重修玉皇殿记》。

寨中庙宇

寨中小石庙

路线1：从汝州市区前往怪坡风景区后，沿着东面山路径直向上，即可到达。

路线2：从风穴寺烈士陵园东面小路上山，亦可到达玉皇山寨。

附：玉皇山寨部分碑刻

碑文释录：张礼安 刘孟博 陈素贞

重修玉皇殿记

夫血气之属必有□，凡有知者必同体，本所谓真净、明妙、虚彻、灵通，卓然而独存者也。是众生之本源，故曰心地，是诸佛之所得，提，交彻融摄，故曰法界，寂静常乐，故曰菩槃；不浊不漏，故曰清净，不妄不变，故曰真如；□难□绝非，故曰佛性；护善遮恶，故曰总持，□隐覆含摄，故曰如来藏，超越玄门，故曰密严国，□众德而大备灼群昏而得，故曰圆复；其实空一心也。众虑意正，神灵佑之，善因广作，福禄必然。如是。

窃闻释迦提婆因陀罗大天帝，四八劫以修行，竟王果满一三天通，故曰玉皇。乃上帝行官，在汝州风穴寺正北山阳堡，历古迹久，以庙宇□二□，□拜帝释居尊天耶？

砖瓦址落，雨滴神面，辄今万历岁次戊寅年□十五日，本郡官庄保□□□，善人马自香、吉得林、杨汝贵等致备香信，□请风穴千峰白云禅寺有道禅衲高僧正庵常改，斋沐身心□行。十六年重修上帝行官，并拜殿神像一堂九尊金妆，善人致买金帛，走风穴请一言为记。予曰：特□□亦，故书鄙文，荒荒草草，言圣迹以无穷，知神明而恍恍惚惚，圆满落成一会，善事之。因作善者必有余庆之福，作不善者定招其殃之祸。玄帝云：人间私语，天宫如雷，暗室亏心，神目如电。如此。□题大概园成，善因广布，诸恶莫作，所谓人心若虐，神灵必鉴。感，礼之则金容显现。毫辉玉色普度众生，移秽土而现净土，即凡心而见佛心，成然恳祷善众而言。立石不朽，万古永贻。

风穴寺札付主持凤林常鸟书

大明万历岁次癸巳二十一年五月二十日

社首 马自香 吉得林 杨汝贵 同立

化主 僧常改

石匠 卢□

寨中保存的明万历记事碑

重修三官殿碑记

闻之御灾撼患者祀之，况三官尊神，在周厉王时，上益国计，下利民生，诚所谓御民灾撼人患者，无殿宇以祀之，何以妥神灵酬神麻平？是以玉皇山旧有三官庙，不知创自何代，建于何时，世远年湮，庙宇顷圮，至光绪元年，马文、马玉二君率领合社为之重修，庙貌，神像焕然一新，一时虔拜祈祷者皆欢欣而鼓舞焉。忽十一年间巽二作威，烈风怒号，倏将栋宇摧崩，垣墙折损，凡触目惊心者，莫不感叹。所以，马文子克平、马玉子克亮二君，突起善念，欲继父功，遂与同社杨、宋、何、马诸君商议，不欣然乐从，仍以社所蓄积钱文，鸠工庀材，不数日功已告竣，庙已改观。欲勒贞珉，求叙于余，余鄙陋不文，仅志其实，以为后之乐善者劝。

津邑 生员吉桂亭撰文
儒童梅大生书丹
铁笔 申宗法
合社人 马克平 马魁 马骥
马振北 马克亮 马伦
马振魁 杨万林 马庆云
马殿云 马朝云 马良
宋聚成 何清池 何谦
同立

大清光绪十三年前四月下浣 谷旦

重修玉皇殿碑记

环汝皆山也，其正北有山名玉皇者，上□重霄雷电皆在其□，至玉羊、崆峒、富春（诸）山，悉有拱戴之势，名为玉皇，职是故□，万历时，土人因建玉皇上帝殿于其上，以为一方镇，迨及于今，风雨飘摇，殿宇倾颓。适有乔君名三乐，许君名邦秀、黄君名邦俊等，顾而慨然曰：『此一方乐，任其妃坏，心实恻然。予乃顾谓头愿也，开广殿宇，创建路亭，落成时，索予言以记。』因率诸善人君子，同心勠力。乔君曰：『其（山）之崇隆于不足言，而群山皆班联也，左紫云右白云，岂虚语哉？但愿皇天上帝悯下民之微衷，使时和年丰，物阜人安，享祀自不忒矣，岂止庙貌辉煌已哉！』

乡进士南阳府裕州儒学学正登士郎丁其会 谨熏沐敬撰
功德主（略）

龙飞康熙二十五年岁次丙寅孟秋吉日

汝北玉皇山三官殿距城三十里碑记

环汝皆山也，其东北诸峰惟玉皇山尤美焉。东有香炉、青山环列于左，西有老祖、白云并峙于右，南有凤穴苍怕掩映于前，北有嵩麓紫檀扶疏于后。四面清秀，令人爱慕，千寻高峻，动人景仰。其巅旧有玉帝神殿一楹，傍有三官殿一所。每于朔望祈雨之际，升降跪拜之时，嫌其狭隘，难以容膝，合社有修葺崇大之志。适有本村善士监生马君讳文玉，急公好义，将本山前坡地稞籽，自咸丰五年经营至同治十三年，共积官钱二百余千，以为维新之资。因于合社友杨、宋、何、马诸君公议商通，协力兴工，重修三官殿一间，创砌月台三丈，开修车路一条，屡金神像数尊，不数日工程告竣焉。将见倾圮者灿然改观，颓覆者焕然一新。勒诸贞珉，永垂不朽云。

郡太学生邓有基植固氏撰文
郡儒学童贾文灿若氏书丹

首事　马骥　马振东　马步衢　杨进发
　　　何玉　马永安　宋聚德　马克智
　　　马振北　马克勤　马振魁　马永锡
　　　马新荣　马魁　何清池　马克俊
　　　　　　　　　监工　马克平
　　　　　　　　　木匠　马克顺　赵兴
　　　　　　　　　泥匠　黄天锦
　　　　　　　　　石匠　刘元旺
　　　　　　　　　画匠　栗建禄

大清同治十三年季春月上浣谷旦合社　同立

陈素贞在玉皇山寨拓印碑刻

募化重修玉皇山小引

窃谓玉帝威弥八荒，德镇九□，三界侍卫，五帝司迎，万神朝礼，役使雷电，包罗乎天地，孕育乎群生，神武昭彰，功德显赫，霹雳玄宗，万气衍庆，虽挂海水天，阴崖旸谷，莫不建祠而尊礼，神之为功乎世道人心□□大哉□。汝州东北隅，距州三十里，原有高山峻岭，名曰玉皇山，其来久矣。北接嵩山之气，南临汝水之秀，东有黄涧绕于左，西有白云岭其右，伟然汝之大观也。但年深日久，风雨飘摇，墙垣□废，木植蠹朽，几将颓矣，则修之宜急矣。兹有善士马君讳世俊等，素行乐善好施，愿（捐）赀□以重修为己任，但功果浩大，独力难成，乃乞于四方善男信女，随心捐助，共襄厥事。工成（告）竣，刊石以志不朽。

□文：杜龙章　书字：□言

大清乾隆三十九年九月吉日　立

重修玉皇庙碑

环汝皆山也，而郡北诸峰耸秀可爱者则玉皇山为最。予尝与二三人举跻于其上，见其孤峰特立，北望嵩山如屏，南望汝水如带，其周围众山又罗立如儿孙焉，岂非天造地设胜地名区，诚万世之伟观者哉？及细考碑碣，知山上庙宇香火地焉。秦窑马君讳士俊施舍地一段，族人以及合社诸君子之所经营，盖□者久之。是岁之冬，马家窑合社诸君子自嘉庆二十二年至道光八年，香火地积钱七十九千三百八十四文，重修玉皇庙、山神庙以及庙前后路，如红石岩牡丹屏约十五里有余，费钱七十九千三百八十四文，而乞词于予以记其事。予维积善之家必有余庆，若诸君子者同心协力成此善举，则异日子孙孙富厚福泽宁有穷期哉？其时首事者马□福也，襄其事者信士何松、高文举、马天魁、□□□、孙永裕、马悌、张思明、马常、马喜、马全举、马综尧、储颐山、王□□、马永检、贡生马良伍也。是为序。

郡癸酉科举人黄梦书撰文
郡儒童宋□书丹

铁笔□□

大清道光八年十月二十四日　谷旦

从北面航拍玉皇山寨

大峪·白云寨

卫星图

位置：东经112.900604°　北纬34.272228°
建寨时间：不详

　　白云寨位于汝州市大峪镇十岭村白云自然村西的白云山巅，大致呈心形。

　　寨中地势西高东低。因西面为悬崖，故只在南、北、东三面建有宽1.5米的寨墙。如今寨墙大多坍塌，仅余高约1米的寨基。

从东面航拍白云寨

寨子西南角有一处较为平缓的狭窄山梁，寨子唯一的寨门就开在此处。

走访附近村民得知，寨中原有很多石砌房舍，分布在寨子四周。但因年代久远，现损毁严重，只剩下堆堆乱石散落在灌木丛中。

寨西崖壁半腰处前后错开，形成一处数米宽的平台。平台上，依着后面山崖建有一座"白云庙"，当地人称之为"白奶奶庙"。庙旁崖壁下，有一天然岩洞，传说是白蛇白素贞修炼时住过的"白蛇洞"。

当年寨子上曾保存有几杆土枪，人们平时将其藏在这座山洞里，如遇土匪前来抢掠，他们就将枪取出，沿着山崖登上山寨，居高临下把守寨门。

白云寨寨基

西南角的寨门遗址

白云寨西侧的山崖断层

崖壁断层上的"白奶奶庙"

崖壁下的岩洞口

路线1：从大峪镇白云村后步行上山，可到白云寨西南角的寨门。

路线2：从陵头镇段村经桃花谷至白云山西面断崖下，然后步行上山。

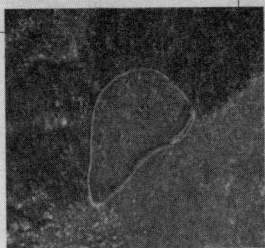
卫星图

大峪·楼铧山寨

位置： 东经112.999476° 北纬34.217262°

建寨时间： 不详

　　楼铧山寨位于汝州市大峪镇刘窑村西的楼铧山顶。楼铧山因所在位置有三座山峰并立，其状若农具楼铧而得名。

楼铧山寨与东南面半山腰的防护性外寨墙

从西北角航拍楼铧山寨

楼铧山寨已经成为登山爱好者的常去之地

楼铧山寨略呈半圆形，开口朝向东南方向。寨子唯一的寨门就开在这里，门洞宽不足1米。

寨子三面临崖，只有东南面为陡峭的山坡，地势非常险要。

为了增强防御能力，人们在寨子东南面的陡坡下，修建一道高约3米、长五六十米的石墙，作为进入主寨的第一道屏障。

从这道石墙的南侧，沿着山脊继续向上攀登，便可到达楼铧山寨。

寨东南面的第一道防护墙

寨门

寨内的房舍残垣

因地势险要程度不同，四周寨墙的宽窄和高低也有所不同。东南方因面对的是唯一可攀登的陡坡，故而寨墙宽约2米，上面还建有女墙、垛口和瞭望孔；东北和西面寨墙虽然也有女墙，但墙宽只有1米左右；北面因临着悬崖，故而寨墙低矮，且宽不足1米。

寨子东北角有炮楼遗址残留。

寨内地势西北高东南低。二十余处石屋残垣分布在寨内四周。

寨墙

寨子东北角炮楼残垣

路线： 从汝州市区走大峪东线，到黄涧河边的九龙宫，沿山路向上攀登，可直达耧铧山寨。

提示： 以前曾从大峪镇大泉村后上山，行至耧铧山林场后，再翻越数座山头，最后到达耧铧山寨北侧。此条路线风景很美，但山势险要，如无人带路，不建议尝试。

大峪·大红寨

大熊山上三座山寨卫星分布图

位置：东经113.069878°　北纬34.258205°
建寨时间：不详

　　汝州市大峪镇大熊山，又名大红寨山、大鸿寨山。山上共有三座山寨：大红寨、南瓦岗寨和姑嫂寨。这三座寨子呈三角形分布，其中南瓦岗寨在北面，姑嫂寨在西南角上，大红寨的位置偏东，在大熊山主峰南面第二峰的山脊上。

从南面航拍大红寨

寨子合围于山脊最高处

大红寨所处的山脊呈南北走向，寨子合围于这条狭窄山脊的最高处，东、西两侧是陡峭的山崖，山脊从寨中穿过。寨子南北长约25米，东西宽约18米，面积约450平方米。

四周寨墙用就地取材的大块红石干码垒砌，中间以碎石块填充。寨子南、北两面各开有一道寨门。寨门原为两层，下面供人们出入，上部为瞭望放哨所用。寨门和寨墙现均已坍塌，只在南门处留有少许痕迹。

寨内房基已坍塌成满地乱石，看不出原来的房舍位置。

南寨门遗址

房舍残垣

路线： 能走到此寨的路线很多。可从大峪镇到大红寨山半山腰的红香庙前，然后上山；亦可从大峪镇班庄村弘宝汝瓷文化园后面登山，均可到达。

大峪·南瓦岗寨

卫星图

位置： 东经113.022465° 北纬34.286078°

建寨时间： 不详

　　南瓦岗寨位于汝州市大峪镇大熊山西南山顶东段，因传说隋末瓦岗起义军的一支队伍曾在此驻扎，又因此寨位于同样驻扎过义军的滑县瓦岗寨之南，故得名"南瓦岗寨"。

从东向西航拍南瓦岗寨

南瓦岗寨全貌

南瓦岗寨东西窄南北宽，大致呈长方形。寨子的选址很有特点，它南面临崖，北部为陡坡，东西两面却是非常平坦、可用来耕作的大片肥沃土地。出寨往东，沿着山脊可到达山下，往西走则到山峰的断崖处。

基于这种独特的地势，寨子虽然在四面均建有寨墙，但东、北两面的寨墙明显比西、南面高出许多。其宽1.5米左右，两边用整齐的大石块垒就，中间以碎石填充。现虽有倒塌，残高仍有1~2米。西面和南面寨墙损毁相对比较严重，仅剩几十厘米高的寨基部分。

南瓦岗寨有东、西两个寨门，分别在东、西寨墙偏南处。如今西面寨门已坍塌成碎石一片，东面寨门大致轮廓依然完整，其宽约1米，两侧的石门墩上，依旧清晰地保留着两个圆圆的"海窝"。

东寨门两侧的石门墩

东寨门

寨内房舍残垣

寨子里面地势平坦，依着东寨墙和北寨墙，有大小不一的房舍数十间，墙壁全部用石块砌成。现房舍大多坍塌，只留下高低不一的残垣断壁。

东南角现有两间较为完整的石墙草棚，乃附近放牧的村民近年收拾出来，作暂避风雨之用。

寨子南面悬崖下，是一条叫作南大涧的深谷，对面山巅上就是与之遥遥相望的姑嫂寨。

东南角的石墙草棚

东寨墙

路线1: 从汝州市大峪镇往北，过桥右转向东，沿着山路到大红寨山半山腰的红香庙前，然后从庙后上山可到南瓦岗寨。

路线2: 从大峪镇班庄村弘宝汝瓷文化园后面上山，亦可到达。

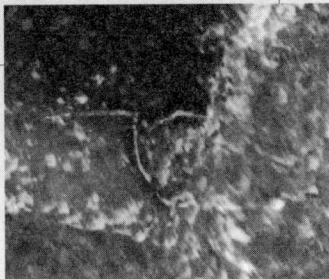

卫星图

大峪·姑嫂寨

位置： 东经 113.064775°　北纬 34.257275°

建寨时间： 不详

　　姑嫂寨位于汝州市大峪镇大熊山西南一座孤立山峰的东北角，和大红寨、南瓦岗寨呈三角鼎立状分布。相传有姑嫂二人为避兵患，曾长期在此居住躲藏，逐渐筑起此寨，后人称之为姑嫂寨。

从北面航拍姑嫂寨及寨下山脊上的外层寨墙

从东北角航拍姑嫂寨

寨子下面的登山小路

姑嫂寨位于孤峰顶上的东北角

位于寨子东北角山脊上的第一道防御性寨墙

外寨墙寨门

　　姑嫂寨所处的山峰，为一座四面陡峭的独立山峰，仅在东北面的山脚下有一条狭窄的小路可通往山顶。这条唯一的小路，是借助山体的断裂缝隙，用石块铺设而成。

　　小径上方，有巨石挡道。绕过巨石，便已无路可走，只能穿过荆棘丛，沿着崖壁上凸起的石块攀援，方可到达姑嫂寨的第一道寨门。这道寨门横亘在寨子下方呈"A"字形的山脊上，宽不足1米，仅可容一人勉强通过，两侧是万仞绝壁，颇有"一夫当关，万夫莫开"之势。

　　走过头道寨门，往西沿着寨外山坡倾斜处的小路前行，可至寨子西北角。西北角拐弯处，建有两个寨门，一处朝西，一处向北，皆宽不足1米。

　　因寨子东面临着悬崖，故只在其余三面建有寨墙。寨墙宽1.5米左右，残高1～3米不等。

寨外西北角，顺着北寨墙，往西延伸出一道长约十米的防护墙，这道外延的寨墙，让整座寨子看起来如同一个开口向着东面的字母"Y"。

寨中面积不大，地势北高南低，遍布巨石，已看不到昔日房舍的痕迹。

寨子西北角向西延伸出来的一段寨墙

姑嫂寨东面临崖

西北角的两个寨门

沿着崖壁小心攀缘

路线1：从大峪镇到大红寨山半山腰的红香庙前，然后沿着庙后小路上山，可到达姑嫂寨所处山峰的山脚下。

路线2：从大峪镇龙王村高崖（当地人读ai）头自然村，沿着两座高山之间的南大涧一直向东，亦可到达姑嫂寨下那条上山小径。

大峪·天雄寨

卫星图

位置： 东经113.077815°　北纬34.281636°
建寨时间： 不详

　　小红寨山，是汝州市大峪镇与登封白坪乡交界处的一座山峰，山呈东北—西南走向，海拔771米。山顶面积大且较平坦，但四周皆悬崖峭壁，高不可攀。

从北面航拍天雄寨

新修的寨门

寨门上的匾额

　　四周数十米的绝壁将小红寨山孤立成一个天然的堡垒，唯西北角和东北角有狭窄的山脊与之相连。人们利用这一天然优势，将高崖作为寨子的天然寨墙。在西北角和东北角分别修建起寨墙，连接两侧悬崖，中间留一寨门，起名曰"天雄寨"。于是，山即寨，寨即山。

　　如今，西北角的寨门早已不见踪影，只能从残留的乱石中依稀看出当年寨门的位置；东北角的寨门为近年重建，上方匾额仍为旧寨门之物，虽布满沧桑，但依旧可以看出"天雄寨"字样。寨外有新修的水泥路直通山下。

小红寨山上的寨墙残垣（拍摄于2008年）

寨中村庄

从东面航拍天雄寨

路线1：从汝州境内前往。沿大峪镇班庄村到樊家庄北面的抗日纪念馆，从纪念馆东面的小径上山，即可到达。

路线2：从登封境内上山。沿汝登高速至白坪下高速，然后向右侧前行二三公里，即可看到路右边有一类似城堡模样的建筑，旁有指示牌。沿此路可直接到小红寨山顶。

大峪·雷泉东寨

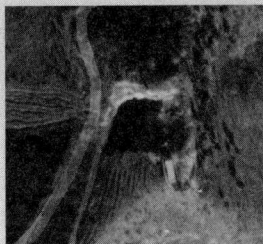

位置： 东经113.015063°　北纬34.241027°

建寨时间： 不详

　　汝州市大峪镇雷泉村有两个山寨，因所处位置不同，分别叫作"雷泉东寨"和"雷泉西寨"。又因雷泉东寨沿骆驼岭而建，且合围于岭顶，故而也被叫作"骆驼岭寨"。

从南面拍摄雷泉东寨

从东南航拍雷泉东寨

南寨门

西北面被挖空的山体

寨子面积不大，南北宽东西窄，大致呈椭圆形。寨外四面是陡峭的山坡，只有西南角有一条山脊可通往山下。

唯一的寨门开在东南角，其宽约1米。出寨门，向西南方沿着山脊可下行到山脚村庄。

寨内地势平坦，西南角有石砌的房舍三间，上用水泥抹顶，应为后人所建。

四周寨墙宽约2米，全部用青石干垒。因近年有人采挖矿石，而致寨子西北角塌陷成深坑，西、北两面寨墙亦因此全部坍塌，只剩下东、南两面寨墙尚有残存，其残高在1~2米不等。

路线： 沿着大峪镇雷泉村下焦沟东北边的上山小路，可直接到达。

大峪·雷泉西寨

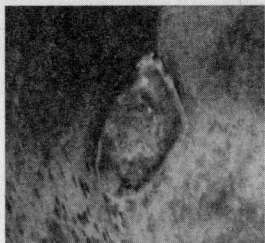

位置： 东经113.002787° 北纬34.239179°

建寨时间： 不详

雷泉西寨因位于汝州市大峪镇雷泉村西而得名。又因传说为毛姓家族出资并捐地而建，再加上附近有山名曰"滚龙坡"，因而又被叫作"毛家寨""滚龙坡寨"。

从西面航拍雷泉西寨

寨子围山头而建，南北宽、东西窄，大致呈椭圆形。四周山势陡峭，只有南、北两面各有一道山梁通往山下，两个寨门就建在这两个位置。

南面的寨门为正门，至今依旧保留有完整的石券拱门和上山的石台阶；北面的寨门仅剩一豁口，寨外有小路沿山脊通往山下。

四周寨墙厚约1.5米，保存比较完整，残高在2~4米不等。

从北面航拍雷泉西寨

从南面航拍雷泉西寨

南寨门门洞

北寨门

南寨门

炮楼残垣

四座炮楼位置

雷泉西寨有四座炮楼，分别建在南、北寨门上方，以及东、西寨墙中间部位的内侧，现炮楼上部已坍塌，仅存底部残垣。

寨子面积较大，中间地势较高处，为青石覆盖的山顶部分，四周则比较平缓。寨子西南角、南寨门西侧，有保存完好的石窟两孔，为紧急避难时的临时住所。

南寨门及西南角的两孔窑洞

从大峪镇雷泉村西边小亭子处上山

路线： 从汝州市区前往大峪镇雷泉村，从村西路边小亭子处沿小路上山，即可到达。

大峪·老嶓寨

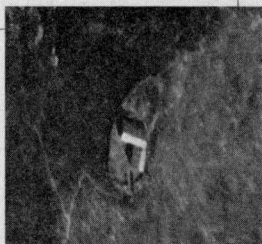

卫星图

位置：东经112.975062° 北纬34.295861°

建寨时间：不详

    大峪镇老嶓（bō）寨位于汝州市大峪镇鏊子坪村后的山顶上，面积不大，东西窄南北宽，大致呈椭圆形。从寨中两块碑刻的记述中得知此寨名曰"老嶓寨"。但后来却被以讹传讹，读成了"老婆寨"。

从西南角航拍老嶓寨

保存较完整的寨基

寨子建在一座孤立的山头上，四周均为陡崖，寨内地势却非常平坦。正中建有坐北朝南的老祖母庙正殿三间、坐东朝西的偏殿两间。大殿后面有几处石屋墙基残垣。

俯瞰老嶓寨

寨中1995年立的石碑

寨中庙前精美的香炉

寨子北面的炮楼残垣

寨中老祖母庙（拍摄于2008年）

寨中老祖母庙（拍摄于2020年）

寨墙宽1.5米左右，所用大小不一的红石块系就地取材。现寨墙上部已经坍塌，仅剩下残高2米左右的寨基。

唯一的寨门开在南面，宽不足1米。寨子北面有一炮楼残垣。

南寨门

寨内房舍遗迹

路线：从汝州市区前往大峪镇鳌子坪村，沿着村东面的小路上山，即可到达。

提示：可选择四月前往。彼时，上山小路两侧全是一人多高、开着白色花朵的白鹃梅。花香且多，行走其间，如漫步花廊，令人陶然若醉。

大峪·半天窑寨

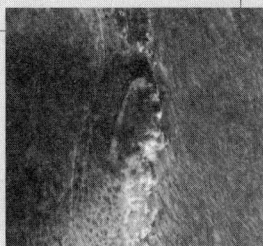

卫星图

位置：东经112.985771° 北纬34.281164°

建寨时间：不详

　　半天窑寨建在汝州市大峪镇王台村柿树园自然村东面一条狭长的山脊上，为一座东西窄、南北宽的椭圆形山寨。

从西北角航拍半天窑寨

寨子东面的崖壁上，有一个面积约两间房子大小的天然石窟，如同一孔硕大的窑洞，当地人形象地称之为"半天窑"，并将建在崖上面的山寨称为"半天窑寨"。

崖壁上的天然石窟是当年村民避难时的首选之地。为加强防御，他们在洞口用石块垒砌出两道高数米的石墙。遇到土匪来时，老弱妇幼便会躲进"半天窑"里，其他精壮劳力则攀爬到山顶寨子里面，利用高耸的寨墙和几乎垂直的崖壁进行防御。

因寨子东面临崖，西面为陡峭的山坡，南北两侧是地势稍缓的山脊。故而，村民在南、北、西三面修筑一道环形石墙，形成一个易守难攻的山寨。

从东南面航拍半天窑寨

东面崖壁上的天然窑洞

寨墙残垣

北面炮楼上层残垣

西侧寨墙

北面炮楼底层小石门

南寨门

　　寨墙宽约1.5米，现地面部分多有坍塌，寨基保存较好，残高2~3米不等。

　　唯一的寨门建在寨子南面，宽不足1米，现仅余豁口。

　　寨子南北两面均修筑有炮楼。南面炮楼已坍塌；北面炮楼底部一层保存完好，有小门可以进入。

　　可能是半天窑里有硕大的空间可以让人们暂住，寨子里面没有发现其他房基或者窑洞的痕迹。

　　路线：从大峪镇前往柿树园自然村的路上，折转从村东面上山，即可到达。

大峪·祖师顶寨

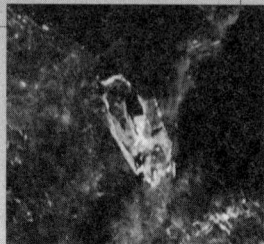

卫星图

位置： 东经112.952501°　北纬34.301535°

建寨时间： 不详

　　祖师顶寨位于汝州市大峪镇袁窑村地势险要的祖师顶上，相传真武祖师曾在此修炼，故而山顶之庙曰"祖师庙"，山寨也因此被称为"祖师顶寨"。

　　山寨面积不大，大致呈椭圆形。

从东南角航拍祖师顶寨

从东北角航拍祖师顶寨

　　寨子地势险要，东、北两面临崖，西、南两面为陡峭的山体。故东面无寨墙，北面只在山体边缘塌陷处垒有少许石墙，以使其与寨内地势持平。西、南两面的寨墙因有寨门与外面山体相连，不但高耸，而且还修有女墙。寨墙均用就地取材的石块干码而成，厚1.5米左右，残高在1~4米不等。

　　唯一的寨门开在东南方，为青石拱洞，高约2米，宽1米。寨门设计得非常隐蔽，利用门口的天然石壁构成一道屏障，从山下向上看不见寨门，到石壁前向左转180度方可到达寨门，从而在寨门前形成一便于防守的瓮形结构。

寨门

寨门内侧

寨中祖师庙

南寨墙外侧

　　寨内北面靠东处，有相向而对的石窟两孔。西面石窟位置较高，东面石窟地势较低，须沿台阶下行方可发现。

　　寨内地势最高处有祖师庙一间。

　　路线：从汝州市区前往大峪镇耿庄，然后从耿庄祖师庙后沿山路步行上山，即可到达。

南寨墙上的女墙

寨内窑洞

卫星图

大峪·耿庄寨

位置：东经112.949251°　北纬34.299478°

建寨时间：不详

　　耿庄寨位于汝州市大峪镇耿庄村北面的山坡上，寨子因村而得名。

　　寨子北依贯宝山，以山前悬崖两端作为起点，分别从东、西两面向南砌出一圈弧形石墙，形成了一座占地数亩的山寨。

从东南方航拍大峪耿庄寨

寨子中间为祖师庙。据庙前"大明嘉靖二年初建玄帝祠"石碑记载：此庙修建于正德庚辰（1520年）冬，当时，一个叫作张子魁的修行者见此处"北跨嵩行，南襟汝汉，接云霄而挹星斗，近天门而连紫极，与武当相上下……"故在此修建庙宇。

东南角寨门

西寨墙

隐藏在绿荫丛中的东寨墙

寨中保存有明清碑刻数块，其中，清同治十一年（1872年）"重修贯宝山庙宇碑记"中有"从前修寨梁天恩施钱三十千整……"等字样。从中可以看出，此寨的修建时间应早于1872年。

当时，附近村民经常到庙里烧香祈祷。后遇战乱，经众人商议，决定合着汝登两县数村人力，围着庙宇，建成耿庄寨，作为众人避难之场所。

寨子修有两座寨门。一门在西，朝向登封高坡村；一门在东南角，朝向汝州耿庄村。现寨门均已毁坏，仅存缺口。

除北面依着山体崖壁外，耿庄寨的东、西、南三面寨墙宽约2米，高度在3~5米不等，所用石块均系就地取材。现东、西两面寨墙保存较好，残高在2~3米不等。南面寨墙则在2019年祖师庙修建停车场时被推倒而不复存在。

路线：从汝州市区到大峪镇耿庄村祖师庙，寨子就在庙的四周。

附：耿庄寨部分碑刻

碑文释录：刘孟博 张礼安 陈素贞

创建玄帝祠碑记

正德庚辰冬，张子遂夜梦披发者，援附东行，竟抵三尖山，乃曰：『吾欲居此，汝用心为之。』及觉梦也，系玄帝也。异哉！盖神之在天，下如水之行地，非脱故而即新，抑亦无处无之。将假之人谋，托之山灵，以显设其妙用耳。

矧三尖山者，北跨嵩行，南襟汝汉，接云霄而挹星斗，近天门而连紫极，与武当相上下。神固□而□□以左右，上帝以辅□皇明，以生育民物，夫讵□祠匹邪？予乃捐弃俗务，矢同道士雷通贤，卢真玉斋戒趺足，募缘善类，鸠工庀材，鼎建殿宇三间。混沦拳石，不借寸木，神肖镕以铁□玄威曜千金光，弱丞将帅，咸□干□登顶之际，眇万钧而□□其神也。与□□下基址，颇□处筑道宫一所，延□士焚修于中，周围置地数十亩，森林木以陋其崚，锄地禾以供其祭，畦蔬菜以糊其口，神人于斯而胥悦矣。创始于正德十五年之杪，成遂于嘉靖改元之秋，有天下之人，而后神天下之鬼神。爰是举也，莫厥居，像厥形，畏敬奉承而发见昭著者，非人之力，实神之功，故为之记。

又后而诗曰：

太极一兮事两仪，阴阳象兮鬼神微。
无在不在物不遗，钧天眷命持祸禧。
依人屋祀巅之飞，殿宇嵯峨谅帝居。
金碧辉映远迩晞，紫气腾霄恒依稀。
梦幻真成落太虚，张子衷诚建龙旂。
千秋万载隆不菲，默佑苍生无停机。

时 大明嘉靖二年冬十有二月朏嵩山陈大策撰

庠生李九龄 书
张材同弟 立
石工席学 刻

郭鸿志（左）和刘孟博（右）在察看耿庄寨内碑刻

重修贯宝山庙宇碑记

汝登之地多名山，而实高且大，横亘於两域之间者曰贯宝山。山麓有庙曰玉皇祠，圣公母祠，而将及其巅，峰微转势稍坦处，灵官之祠在焉，

其极顶，则祖师之祠也。岁壬申，环山近村诸君子悯其倾圮，各捐己资，纠工庀材，葺而新之。功既竣，乞辞於予曰：『唯兹庙宇之辉

煌，何如此武当？』皆笑曰：『不如也，不如也。』然则铺张扬厉，其无以争胜于武当也，昭昭矣。虽然吾於兹山窃有所得焉。盖山者，静象

也。而官祠过多，冠盖游赏之客往来不绝，则其境近於嚣且杂，而反湮没其本来之性情。以兹山之严峭峰削，其与武当之峻增险奇，壁立万仞

也。将毋同欤，幸其所处僻陋，祠宇官阙于焉。无几而瞻玩祈祷者，亦无熙熙攘攘之丛集，是以将葆也，太初之本体，以至於今，予尝千二三

同志游览其下，见其气象严严，有刻厉之行，有廉杰（洁）俊岸之心，仰而视，俯而观，斯恪恭静正之心，不觉其自动，盖至

此则万感绝，百虑冥，而吾之本心，乃与天地之精神一相接焉。夫乃叹庙宇之辉煌，兹山无以争胜于武当，而岩壑之静穆，武当亦无以争胜于

兹山也。诸君子督工之暇，风雨晦明，其亦曾见及此乎。而今而后，予将晨夕过从相与体察焉，是为记。

汝郡后学增贡生德华董呈祥沐手撰文
从前修砦梁天恩施钱叁拾千整

首事：

杨逢春五千　陈万松五千　陈万顺五千

郭建章五千　陈天保五千　陈礼五千

郭奇五千　陈秀章五千　李会元五千

陈纲五千　陈万兴五千　梁天恩五千　李秀元五千

刘元奎、李庆元、陈万祥、梁长春五千

陈庆四千五百　陈万年四千　李炳文、李中山各施钱三千

陈永和、陈宗义、董信、陈智、张建顺各施钱三千

郭奇、郭信、范占鳌、杨忠、张景运、陈宗玉、陈宗运、

陈宗良、王建功、钱东元、杨芝、刘芝、王□□二千

李福元、常玉贵、高学文、李云章、高元平、

陈万吉、陈宗尧、刘先、范金锡、张玉林各施钱一千五百

吴金令、康成章、贾文魁、葛天明、范用谟、时东升、

董呈祥、李应科、张振山、刘兆麟、梁维奇、高元□

赵学仁各施钱一千

高元秀五百　孙文明五百　张景奎五百　李春华五百　王桂芝五百

高元荣五百　朱进财五百　杨万年五百　王喜七百　魏成文七百

孙有福五百　张建国七百

何□秀、朱永秀、葛凤岗、李同德、陈□学、陈□□

王□□、杨进清、范川禄、高元亮、孙文治各施钱五百

大清同治拾壹年岁次壬申六月下浣吉日立

陈素贞在耿庄砦拓印碑刻

创修三尖山灵官殿碑记

碑额：玄天上帝

嵩南汝北，离州六十里，原有祖师殿者，盖古迹也。溯其创制之初，山河环抱，号汝上之名山，殿宇森严，雄中州之胜区。惜年久岁深，风雨侵凌，其所仅存者，特祖师之基址焉而已。至于灵官殿一所，乃其所未立也。俾神无所栖，民无所祷，众方隐忧焉。是为也，类非乏才罕德者所能任也。迨於国朝龙飞万历三十年，原有化主尤净训约会山主心田月朗，戒腊霜秋，触目桷腹，突然奋志，兹欲重修於前，创立於后。柰河（奈何）心虽欲为，而力实不赡，於是协同善人张大花、耿然禹、李思恭、王大梅而谋修葺之，孰知信亦好善之君子也。遂筮日置材木，运砖瓦，鸠工匠，率从事，明计刻而落成矣。由是不逾其年，旧散者新矣！创立者成矣！以言其外，前后殿宇彩临星汉，巍然伟也；以言其内左右，神象金色辉煌，华然美也。至神有所栖之处，民有祷祈之所，其功之大者，亦尤氏力也。古语云：「孔子集群圣之成，朱子集群儒之大成，尤氏其集众善之大成乎？」虽然恢复修整，固尤氏之盛德，亦神明默佑之力也。为氏者，由此益励清戒，再持晚节，不为玄门中克肖之子乎？本庙主持谒余，索余为文。文虽吾不能，弟尤氏之请不可拒也。因询其创制之由，及重修之意，述书之於碑，以记岁月云。皇图巩固，帝道遐昌；万姓普沾，岁时丰稔。

大明万历三十四年岁次丙午冬十月十五日

汝郡庠生□斋葛大纲 书

石工 王以香 芦尚召 芦天才 刻

同众立

大峪·见子岭寨

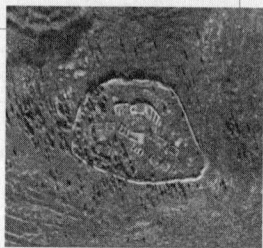
卫星图

位置：东经112.953914°　北纬34.26569°
建寨时间：清同治元年（1862年）

　　见子岭寨因位于汝州市大峪镇木兰沟南面的见子岭上而得名。据镶嵌在寨门旁边的碑碣记载：同治元年，烽火频惊，邻村人众公议立寨，以为保聚。村民郭登魁、郭登才兄弟概然捐其地，邻村人合力修成此寨。

从南面航拍见子岭寨

西北角寨门

东南角寨门内侧

寨墙上的瞭望孔

高耸的寨墙

见子岭寨围绕见子岭山头而建，西宽东窄，大致成水滴状。寨子西面坡度平缓，其余三面山势陡峭。

四周寨墙宽约2米，残高在2~6米不等，寨墙上部均修有女墙、垛口和瞭望孔。

见子岭寨有两个寨门，分别建在西北角和东南角。西北角的寨门为寨子的正门，有内外两重券、宽大的石门洞以及旁边守护寨门的窑洞。如今门洞顶部已坍塌。

东南角的寨门相对狭窄，寨门两侧寨基较宽，应为炮楼遗址。寨门外的山坡比较陡峭，有石台阶可登上寨子。

西北角寨门西侧的寨墙上，原镶有一块碑

寨内窑洞

碣，记述了建寨经过。此碑后因寨墙上部坍塌而掉落，现保存在大峪镇青山后村村部。

见子岭寨内地势非常平缓，建筑遗迹很多。数十孔石窑洞几乎遍布整座寨子，这些窑洞大致分为四排，排与排之间留有过道，有的窑洞前还留有石砌的小院落。

寨中保存完好的窑洞至今依然有

寨中房舍残垣

十几孔。这些窑洞虽为青石干茬，但修建极为精细。大石做基础，小石填缝隙，拱券和窑门以及石墙垒砌得严丝合缝。

寨子西南角的一块大石头上，有人工凿出来的石臼等生活遗迹。

位于寨内西南角的石臼

郭鸿志(左)、刘海鹏(中)、武根柱(右)
在见子岭寨抄录碑刻

附：见子岭寨碑刻

碑文释录：郭鸿志 陈素贞

郭公捐立寨地碑记

岁壬戌，烽火频惊，邻村人众公议立寨，以为保聚。计得吉地焉，名曰见子岭，固郭君讳登魁、登才兄弟之祖业也。夫世不古，乘人之危以利比比而然，而况郭登魁、登才二君家不中资乎？而郭登魁、登才二君者顾慨然捐其地，以为众用，毫无吝啬，非好义之君，其孰能矣？于斯寨既成，众人咸佩其义，用是列诸，以垂不朽云。

同治元年十一月初二日
合寨人同立

路线：沿新马线到木兰沟，顺着小河边的水泥路南行，过村子后，从西边上山小路一直上行，便可到达。

大峪·灌顶山寨

卫星图

位置： 东经112.981365° 北纬34.227279°

建寨时间： 不详

灌顶山，位于汝州市大峪镇火石岭村南。据《正德汝州志》记载："灌顶山，在州东北三十五里，有水自山顶下流入于涧，故名灌顶山。"灌顶山寨因位于灌顶山西南端的高崖上而得名。

从西面航拍灌顶山寨

寨子大致呈东北—西南走向，外形似一个半圆，开口朝向西北方。

寨中地势中间高，南、北两边低，寨子西、南两面为高耸的崖体，东、北为地势较为缓和的山坡。寨子西南角，有数块巨石伫立在寨旁。

灌顶山寨除西南角悬崖外，其余均有宽1~2米的寨墙环绕。其中南面因临崖，寨墙窄且低。东面因面对较为平缓的山脊，寨墙修筑得既高且宽，上面还分布着很多射击孔。寨墙现多有坍塌，残高3~4米。

北面寨墙中间部分平行错开为两段，中有一道南北走向的寨墙相连接，山寨唯一的寨门就开在这里。

寨子北面有相向而开的窑洞数间。其中坐北朝南四间窑洞的顶部已经坍塌；坐南面北的三间石券窑洞中，有两孔保存完好。

寨门位置

南寨墙

西南端高崖上的石窑

从南面航拍灌顶山寨

　　高高耸立在寨子西南端悬崖上的两孔石窑保存得最为完整，按照其地理位置推测，这里应为寨子的瞭望哨所在地。

东寨墙

寨子北面的房舍残垣

　　路线1：从大峪东线前往焦村镇槐树村大麦沟—桃树湾，沿小路上山后，折转向北行，即可到达。

　　路线2：从米庙镇于窑村或者大峪镇青山后村经石榴嘴寨后，沿着修建风力发电的路线一直向东，亦可到达。

　　路线3：从大峪镇前往火石岭村后，向南步行二十分钟，即可到达灌顶山寨。

大峪·棉花寨

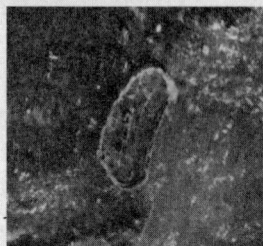

位置： 东经113.022634° 北纬34.286031°

建寨时间： 不详

棉花寨因位于汝州市大峪镇棉花村东北面的蜜蜡山主峰上而得名。

大峪蜜蜡山上有三座山寨：棉花寨、三角寨和方寨，这三座寨子呈三角鼎立状，分布在蜜蜡山几座连绵起伏的山峦之巅。其中，棉花寨在西北，方寨位东北，三角寨偏东南。

从南面航拍棉花寨

蜜蜡山上三座山寨分布卫星图　　　　　外层寨墙上的寨门　　　　　外层寨墙与山顶之上的棉花寨

　　棉花寨属于加强型山寨，距棉花寨南面直线距离几十米的半山腰处，另有一段用石块垒砌出的、长约几十米、作为外围防御的弧形寨墙。这段寨墙宽约2米，两端连接两侧悬崖，中间开有一道小门，门宽1.6米，高2.6米。

　　走过这道寨门，再翻越一个山头，就可看到棉花寨。

　　寨子东南方和东北方有地势稍缓的狭窄山脊与其他山峰相连接，其余皆是危崖高耸的陡壁。

　　寨门开在南面，宽60厘米、高1.8米。寨门外不到1米处，即是悬崖，进出皆须贴着寨墙小心前行。

　　寨墙全部用大石块垒砌而成，其宽度因地理位置而略有不同。其中东、西、南三面寨墙的宽度在2~2.5米之间，北面因面临山脊，寨墙的宽度将近3米。

南寨墙　　　　　　　寨门外不到一米处即是悬崖　　　　　　　东寨墙

东北角炮楼

西南角炮楼

四周寨墙的外沿上均修有女墙，女墙略窄于内墙，上面均匀分布着垛口和瞭望孔。寨子西南角和东北角各有一个炮楼。炮楼上层坍塌，底层保存完整。寨中地势西高东低，中间用石墙从南到北垒砌成石堰将其隔开为上下两层，中间留一出口，有台阶可上下。

寨内房舍集中建在西南面的高地上，大部分用石头垒砌。

东面地势低洼，没有房舍遗迹，东南角生长着大片翠竹。

棉花寨中地势西高东低

寨门

路线： 从汝州市区前往大峪镇棉花村，沿村后山路上山，到山顶后，向北沿山脊而行，即可到达。

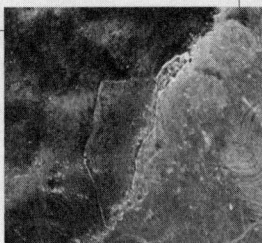

卫星图

大峪·三角寨

位置： 东经113.030914°　北纬34.287079°
建寨时间： 不详

　　三角寨位于大峪镇黄窑村陈家庄自然村北面的山脊上，因寨子略呈三角形而得名。

　　三角寨属于加强型山寨，在主寨西南方地势比较平缓的山坡上，另建有一圈寨墙作为外寨。

从西北角航拍三角寨

三角寨主寨和外寨

外寨面积很大，约是主寨面积的七八倍。其寨墙高2~3米、宽约1.5米，西面开有不足1米的寨门。寨内没有房屋遗迹，应该是单纯为守护主寨而建的防御性设施。

外寨寨门两侧寨墙沿着崖边向两边修建，再向上顺势沿着山脊往东北方延伸，使其与山顶的主寨寨墙相连接，形成了外形如同"8"字、既相互关联又相对独立的两个寨子。

位于主寨西南面半山腰的外寨

外寨寨门

东北角炮楼

主寨内的房舍残垣

主寨环绕整座山头而建，整体呈东北—西南走向。寨墙高度依山势而不同，宽约2米，高3~5米不等。

主寨东北角临崖处，建有一个炮楼，四周留有瞭望孔。炮楼有一小门，与东寨墙相通。

主寨唯一的寨门开在正南方，宽约一米。

寨内地势东高西低，十数块巨石散乱分布在寨子中部，几处大小不等的石屋屋基依次排列在东寨墙下。

路线：从汝州市区前往大峪镇黄窑村陈家庄方向，沿着村子右面新修的盘山土路上山，到山脊后即可看到三角寨。

炮楼有小门与东寨墙相通

主寨南寨门

主寨东侧寨墙

大峪·方寨

位置： 东经113.029498° 北纬34.281419°

建寨时间： 不详

卫星图

方寨位于汝州市大峪镇蜜蜡山东北一座山峰上，因寨子东西宽南北窄，几乎呈长方形，而被叫作"方寨"。

从南面航拍方寨

从西面航拍方寨

从北面航拍方寨

方寨呈西北—东南走向。四周山势陡峭，其中东、北两面是深不可测的崖壁，南面坡度陡峭，西面则与蜜蜡山其他高峰相连接。

方寨寨墙用石块干码而成，宽约2米。北面因临悬崖，寨墙较低，均高不过1米；南面临坡，故而南寨墙不但高大且有女墙，其高度随着地势不同，高3~5米不等。

西北角寨门

因东南角沿山脊可到寨子，故而南寨墙右半部以及东面的寨墙也加宽加高了不少，东寨墙上还建有垛口和瞭望射击孔。

寨子东南角建一个凸出于寨外的两层炮楼，仅容一人进出的南寨门就隐藏在这个炮楼的拐角处。寨墙内侧两边，有两道石阶可上到寨墙。

另一个寨门在西北角，这个寨门较之南寨门稍宽，应该是寨子的正门，此门为拱券石门，现顶部已部分坍塌。寨门南侧有炮楼遗址。

南面寨墙、寨门及炮楼

寨内地势东北高、西南低。保持着山头原有的地貌。西南低洼处，有几间依寨墙而建的石砌房基遗址。

路线： 从汝州市区前往大峪镇黄窑村后上山，经过三角寨后，沿着山脊一直向北攀登，即可到达方寨。

垒砌在悬崖边上的东寨墙

大峪·马鞍桥寨

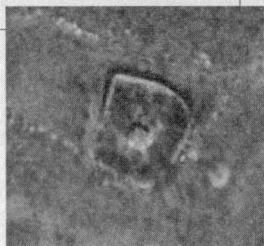
卫星图

位置： 东经113.057359° 北纬34.216157°

建寨时间： 不详

马鞍桥寨因建在汝州市大峪镇马鞍桥村东南面的山峰上而得名。

寨子附近皆是连绵起伏的山脉，东、西两侧山岭比较平缓，南、北两面山坡相对陡峭。从高空俯瞰，马鞍桥寨外形略似正方形。

金秋时节的大峪马鞍桥寨

从西北角航拍马鞍桥寨

狭窄的西寨门及两侧寨墙

寨子中间的高台

寨墙全部用整齐的青石干码而成，依着山势环绕整座山头。寨墙宽约1.5米，现上部有所坍塌，残高在2~3米不等。

唯一的寨门开在西寨墙偏北处，宽约80厘米，拱券和两侧石壁保存完好。

寨里面的地势基本保持着山体原貌，中间高四周低。中间凸起部位有一个用石头叠加而起的高台。高台呈圆形，四周陡立，高约1.5米，直径约3米，疑作瞭望放哨之用。

高台四周地势平缓处，十几间石屋依着寨墙内侧而建。这些房舍现均已坍塌成残垣。

房舍遗迹

路线1： 从大峪镇马鞍桥村后面沿小路上山，即可到达。

路线2： 从大峪镇到邢窑路口那棵标志性的大树时，折转往南，沿着安装风力发电设备时修建的土路，即可到达寨子下面。

大峪·永和寨

卫星图

位置：东经113.031735° 北纬34.210083°
建寨时间：清同治四年（1865年）

　　永和寨建在汝州市大峪镇后坡村下核桃洼自然村西南的青牛山上。此山古称"麦秸垛山"，其山势突兀高耸，远远望去，如一撮青烟直插云霄，故而该寨也被称作"一撮烟儿寨"。

　　据寨内碑文记载：建此寨是因"咸丰至同治年间，皖捻屡扰汝境，人民寝食不安，因思筑寨以自守……"。"武振水、武振河、武振华先生眷念乡邻之情重，思亲友之谊切……情愿捐此山上之地，以与众筑寨。"遂聚拢四邻村人，制定公议条规，按照村民田财之多寡，摊派出资，筑寨以自守，起名为"永和寨"。

从东面航拍永和寨

从西北面航拍永和寨

北寨门

东侧寨墙

寨子中间高四周低，随着山势呈东北—西南走向，大致为不规则的梯形。

寨子周围几乎全是高达几十米的垂直断崖，只有东北角有一道狭长的山脊与之相连，永和寨唯一的寨门就设在这里。

寨子依着悬崖边缘，修建了宽1.5米、高5~6米的寨墙。寨墙上建有女墙，上面均匀分布着寨垛和瞭望孔。最早的寨墙均用石灰抹缝，后人修补时因财力不足，遂直接用青石干码而成。如今，寨墙高度依旧有3~5米，整体保存较为完好。

因山寨狭长，为安全起见，在寨子四角及东、西寨墙的中部建有六座炮楼，炮楼墙壁上留有射击孔。

寨子里新修的庙宇群

西南角炮楼

当时人们避战乱所建造的窑洞和房舍，集中在寨子南、北两端。其中北半部分是借助中间地势较高的优势，利用高台下天然的石板层，将下面的沙土掏空，形成一溜数间窑洞。这些窑洞的面积较小，大多只有几平方米。

寨子的南半部分地势比较平缓，这里房舍密布，多为石砌窑洞，面积比北面窑洞大一些，现多坍塌为残垣。

寨子北端的地势相对较高，原来只有两间破旧的小庙。近年附近村民利用高低错落的独特地形，建起了上下三层十余间的庙宇群。

寨子中部的岩石上凿有一个直径为20厘米左右的石臼。北部高台处的大青石上，原来凿有一个宽1米、长1.5米的长方形水池，为古时贮水之用。近年村民盖大殿时，将水池埋在了房基下面。

寨内石臼

寨北面高台下的窑洞

寨子南面的房舍残垣

路线：到大峪镇永和寨的路线很多，可经安沟水库东面山顶上的擂鼓台寨沿岭向东北方向，可从焦村镇东沟经石梯沟上山……最方便的路线要数从大峪镇驱车向东南，经后坡村到下核桃洼自然村，然后步行上山。

附：青牛山碑刻

（碑文释录：张礼安 杨占营 王俊刚）

武先生（官印振水、振河、振华）捐舍寨地碑记

尝思善善从长，而善之尤足称者，莫如保万人之性命，护一方之身家。咸丰至同治年间，皖捻屡扰汝境，人民寝食不安，因思筑寨以自守。而筑寨必视夫地利。汝东卅里许，有山一座，俗名曰『麦秸垛山』，此诚山峪之险而得地利者也。第山地各有主，恐难任人自便以随象愿。何幸武先生眷念乡邻之情重，思亲友之谊切，聚众公议，赀财不图，情愿捐此山之地，以与众筑寨。时际平安，无人归寨，此山之地仍归旧主管业，善莫大焉，安可湮没乎！寨功告竣，因勒石以志云。

生员武锦波翠涛甫撰文
儒童杨万修成业甫书丹

贾振杰在拓印碑刻

青牛山永和寨局中公议条规碑序

且天下之事，无规不立，无矩不成，而况筑寨聚众，联天下若一家，合万姓如一人，更不可无规矩乎！因之，寨局公议，筑寨工程，各对人工。局中公用钱文，因田财之多寡，分一二三四五等，户派钱，应派钱，以历长条出为定。五等花户限五六日内即将钱文各交到寨局，过期者罚之；凡在寨花户者，若有嫌隙之事，局中管事之人公议理处，解和之后，不可反悔，违者罚之；以后修寨所费人工、钱文，各宜永照前规，不可反复。重此数以外条规开后。一

管历	克有	永眷	贵和			永贵
管寨局	秦文平	王中天	郭大荣	郭大才	武□原	武振河
管杂事	武后岭	郭宝林	颜学礼	田克林	高金明	武振贵
	范永遂	秦重估	郭天文	侯庭来	袁贵卿	高金银
一等户	高金声	袁贵顺	武后礼	郭大利	袁贵禹	郭殿振
二等户	韩中副	高金才	郭大利	郭大用		武三
三等户	张九成	张礼太	袁贵法	袁明岐		武三
	张九龙	朱进生	袁三	高自生		郭殿成
四等户	朱鉴生	贺宝太	孙克水	袁便	王云从	张忠学
	孟居龙	孟望恩	秦明平	秦明功		秦明安
五等户	武文现	王景周	武振平			武振贵
	颜学平	李复建	孙□莒	王利甲	李修唐	
	郭改成	郭金庚	王应申	王东恩	秦文兴	
	孟狗妮	孟安平	王东恩	刘连俭	王清泉	
	李德安	李玉明	魏大合			
	王文成	孙克礼				

大峪·南天门寨

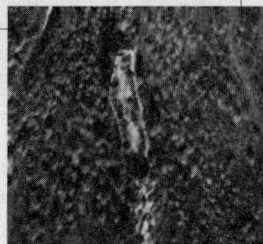

卫星图

位置： 东经113.082129° 北纬34.201271°
建寨时间： 不详

　　南天门寨位于汝州市大峪镇邢窑村东、下焦新村北面一条窄长的山脊上。寨子东西窄、南北宽，用无人机俯瞰，整座山寨如同漂浮在碧波中的一叶扁舟。

从东北角航拍南天门寨

寨子东、西两面临崖，南、北两面则是山势较缓的山脊，故而东西寨墙就只是沿着崖边干码起宽1米、高约2米的石墙；而南北两面的寨墙则高达6米，上面均修建有炮楼。炮楼上方的墙体上有垛口和瞭望孔，两侧有石阶可上下。

西南角寨门

北寨墙

寨子有两门。一门开在南寨墙偏西处，出口对着南面山脊。寨门高两米多，宽不足1米。门外山脊多为巨石叠加，离寨门两米左右处，有石条错落出一豁口，如壕沟般守护着寨子；另一个寨门在寨子西南角，宽1.5米左右，为宽敞的拱券门洞。此门地势较低，且面对陡坡，门外有小路可通往山崖沟底。

寨里地势中间略高，几乎全是坚硬的岩石，看不到昔日房舍遗址。

南寨门内侧

南寨门

路线：从汝州市区前往大峪镇下焦新村，折转向北面山崖上走，即可看到南天门寨。

大峪·磨盘山寨

卫星图

位置：东经113.102779°　北纬34.187489°

建寨时间：不详

　　磨盘山寨因位于汝州市大峪镇胡庙村北面的磨盘山上而得名。它的建造非常有特点，属于大寨之中套小寨的双重山寨。

　　寨子建在磨盘山的最北端，北面临崖，东、西两面为陡峭的山坡，南面坡度较缓。寨子东西窄南北宽，面积很大，大致呈梯形。

从东面航拍磨盘山寨

从北面航拍磨盘山寨

炮楼残垣

内寨墙

外层寨子有两个寨门，一个在南面，宽2米，进深4米；另一个在东面靠北位置，宽约2米。

从外寨遗留的痕迹可以看出，寨子有三座炮楼，除了两个寨门上面的炮楼外，西北角还有一座。

因为外寨面积过大，人们在寨子里面靠西南位置，依着西寨墙，又建了一个面积较小的内寨。内寨以西寨墙为依托，呈半圆形修建，在南、北两面各开有宽1米的寨门。

外寨四面寨墙宽1.5米左右，内层小寨的寨墙宽约1米，两者的寨墙坍塌都比较严重，大多只剩下寨基部分，残高在1~2米之间。

两寨中均有多处房屋残垣，其中，内寨的房屋残垣相对来说，更为密集一些。

外寨南寨墙

内寨中的房舍残垣

外寨东寨门

路线： 从汝州市区到大峪镇胡庙村后，穿过村庄继续往前行走，看到山路东面有一座小庙后，沿着路西边小径上山，即可到达磨盘山寨。

大峪·马头崖寨

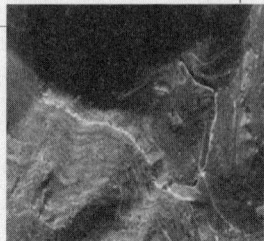

卫星图

位置：东经113.031356°　北纬34.217799°

建寨时间：不详

马头崖寨因建在汝州市大峪镇后坡村西狭长、状若马头的马头崖上而得名。

马头崖南、北、西三面皆是垂直的高崖，人们便利用这一天然地势，巧妙地在东面马脖子处建一弧形寨墙，连接两侧悬崖，就成一座防御功能强大的山寨。

从南面航拍马头崖寨

寨门

寨子通往炮楼的拱门（朱现伟拍摄于2012年）

　　唯一的寨门开在东寨墙与北面悬崖连接点左侧几米处，宽约2米。拱券和门洞以及门洞上方的炮楼基座保存比较完整。马头崖寨的寨墙宽约2米，残高在2~5米不等，上面均匀分布着垛口和射击孔。寨墙上部建有女墙，女墙高出寨墙约1.5米。

　　寨子四周共修建有4座岗楼，分别建在寨门上方以及寨子的东面、东南角和东北角。除北寨门上面的炮楼在寨墙内侧外，其余三座炮楼均向外凸出，建在寨墙外侧。

四座炮楼位置

寨子北、西、南三面皆为绝壁

寨西的垂直崖壁

寨墙及女墙（拍摄于2009年）

寨墙

寨垛和瞭望孔

寨门及上方炮楼基座

寨中地形

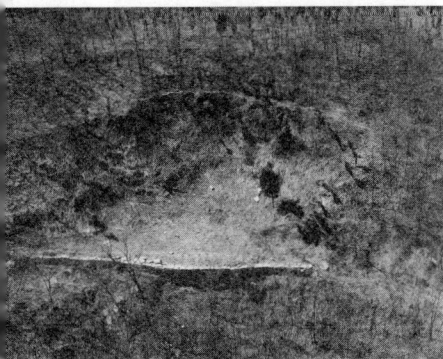

寨内的一处平台

伫立荒草中的马头崖寨

　　寨子面积很大，附近村民介绍说以前寨中曾有一些石墙房基，但现在只剩下寨子东北一处疑似人类活动留下的遗迹。

　　这是一处依着土崖的平台，上面垒有弧形石墙，借助两侧坡度，形成一个近乎正方形的空间。上面石墙可阻挡雨水冲刷，引导水势顺着两侧流向山下，下面石墙内侧填充土方，使其成为一个比较宽敞的平台。平台背依陡峭的土崖，可挖窑洞，亦可借助土崖搭建房舍。

炮楼底部

　　路线：从汝州市前往大峪镇后坡村委会，沿村委会南侧水泥路到不远处的三岔口，步行沿着小路向西南方向，即可到达马头崖寨。

大峪·摩天寨

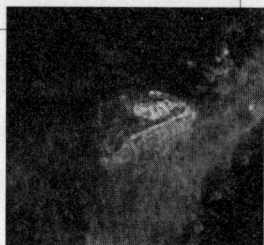
卫星图

位置： 东经 112.978993°　北纬 34.298485°

建寨时间： 不详

　　摩天寨位于汝州市大峪镇摩天岭西、老嶓寨东北方一处断崖上。寨子依山势而建，东北高、西南低，面积不大，大致呈三角形。

从东面航拍摩天寨

从西面航拍摩天寨

寨子东半部分在山体向前凸出的断崖上，西半部分与其他山体相连接。因东面面临的是垂直的崖壁，故而寨子只在南、北、西三面建有寨墙。寨墙宽1.5米左右，全部用石块垒成，现残高1~3米。其中南面寨墙完全裸露在山崖边，北面和西面的寨墙则几乎被灌木丛所掩盖。

唯一的寨门开在西面，宽1米左右。

寨中东北有一天然巨石高台，其余地势较低处有几处石砌的房舍残垣。

掩映在绿荫丛中的西寨门

路线： 从汝州市区前往大峪镇鳌子坪村北面，沿着上山小路到达山脊，沿着山脊西行，看到有小路时折转向北，即可到达。

提示： 此寨位置非常隐蔽，我曾在贾顺卿、赵孟仁、董玉良等老师带领下，三次上山探访，才寻觅到它的芳踪。建议去此处时，尽量请当地村民做向导。

南寨墙

大峪 · 观音堂寨

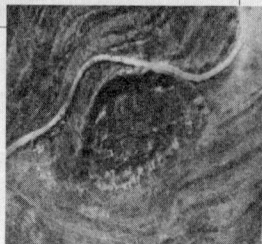

卫星图

位置：东经113.068282° 北纬34.196309°

建寨时间：不详

　　观音堂寨位于汝州市大峪镇下焦新村与紫云山聚仙堂之间的天印山上。因寨子最初是由紫云山观音堂出资、附近村民共同建造而成，故当地人习惯称之为"观音堂寨"。

从西南角航拍观音堂寨

西寨墙残垣

寨子中间的蓄水池

寨门

寨墙宽约2米

寨中房舍残垣

寨子沿着东北—西南走向的山梁而建，大致为椭圆形。

寨子所处的天印山东、南面为陡坡，西、北两面坡度较缓，东北—西南走向的山梁穿寨而过。

寨门位于寨子的西南角，为拱券结构，宽约2米，高约2.5米。现拱券坍塌，仅余豁口。

寨中共有两座炮楼，分别建在寨门上方，以及寨子的东北角。现炮楼均剩下底部残垣。

由于西、北两面坡度较为平缓，故而人们在这两面的寨墙外，挖出一条深深的寨壕作为外围防护。

寨中原建有很多石砌房舍窑洞，还有石臼、磨盘、碾盘等生活必需用品。动乱年间，不但附近村民在寨中临时避难，连观音堂的和尚们也会来此暂避兵祸。

如今，寨中房舍大多坍塌成残垣断壁，石臼等也被乱石掩埋，只有寨子中间一个直径约两米的储水池有所保存。

路线：从汝州市区前往大峪镇下焦新村西出口处，向紫云山聚仙堂方向，沿着山路走到第二个风力发电塔附近，向上攀登至山顶，即可看到观音堂寨。

大峪·万安寨

卫星图

位置：东经112.945425° 北纬34.284769°

建寨时间：1912年

大峪镇袁窑村有两座寨子，分别是"万安寨"和"万安西寨"。

万安寨位于汝州市大峪镇袁窑村，是袁窑村董姓家族和梁姓家族为防匪患而建造的寨子。这座寨子包括村中寨子与村后的黄土崖寨，是村寨与山寨完美结合的代表。取名"万安寨"，有"保万世平安"之意。

万安寨及寨墙

清末的袁窑村，有东、西宅院各八处，分别由梁氏家族和董氏家族居住。适逢战乱年间，烽火四起，为保障全村人的安全，袁窑村董、梁二氏决定率领众人在村中建寨。

当时的寨子四周为土寨墙，墙上设有墙垛和射击孔，前后共有寨门八道，其中五道寨门上都有炮楼。位于村口那座最大的寨门楼，为石券拱门，上面亦有炮楼一座，寨门上部有一石榜，上面的字由洛阳知名书法家高佑先生题写，其中，榜中"万安寨"三个大字，榜右"瑞应西清"，榜左"宣统四年 孟春诣立"。

建好村寨后，为解决万一有敌人攻入村寨后无路可逃的问题，他们在村子西北的坡地上，依着寨墙，另外用夯土筑起一道长30多米、高约6米、下宽6米、上宽约4米的土崖，作为临时性的避难寨子，并在寨顶四周夯筑起厚约80厘米、高约2米的土寨墙，上面每间隔2米左右，便开有一个射击孔。

为了安全，他们又在寨顶的中部和东、西两边，各修建一座炮楼。

因为寨子北面与黄土坡地相连，为增强防御能力，他们在黄土崖寨下挖出一条深2米、宽3米的寨壕作为防护。

这座东北一西南走向的黄土崖寨四面垂直陡峭，只在南面顺着土崖挖有一尺宽的台阶，这条台阶直接通往梁家窑洞前的院子。如遇紧急情况，人们便可沿着台阶直接躲进黄土崖寨。

人工夯筑的黄土崖寨

从梁家窑洞前的院子沿台阶可直接登上村后黄土寨

当年村中寨门位置之一

梁家老宅及背后的万安土寨

由于有了万安寨的保护，在清末民初社会动乱期间，袁窑村从未受到过一次匪患。

如今的万安寨，除村子西北的黄土崖寨依旧保存较好外，其余寨墙几乎坍塌殆尽。最大的那座寨门楼也在2000年被村民董××建宅时拆掉，寨门上的石碑也不知所踪，只留下西侧的山墙依旧伫立在那里。

村中万安寨主寨门位置

寨门口炮楼位置

路线：从汝州市区前行到大峪镇袁窑村，黄土垒成的土寨在村子西北方。

大峪·万安西寨

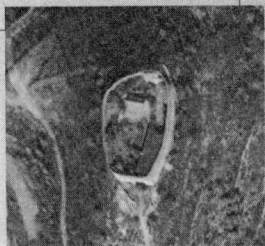

卫星图

位置：东经112.939923° 北纬34.280245°

建寨时间：1912年

汝州市大峪镇袁窑村有两座寨子，建在村中的黄土崖寨叫"万安寨"，位于袁窑村西南回龙山上的石头寨，名曰"万安西寨"。

万安西寨建于清宣统年间，是由袁窑村富豪梁邦贤出资组织，耗时五年建成，当地人习惯称之为"袁窑寨"、"梁家寨"、"袁窑南寨"。

从西北面航拍万安西寨

南寨门

北寨门

修葺前的北寨门上方炮楼（拍摄于2008年）

寨中石洞入口

寨子东西宽约40米，南北长约65米，外观大致呈椭圆形。寨墙环山顶而建，宽约2米，高约10米，通身用方形青石垒砌，再用石灰抹缝而成，寨墙均修有女墙，四周均匀分布着垛口和瞭望孔。

寨子南、北两方各开一拱形寨门。

南寨门高约2米，上部为圆拱形。寨门上方镶有一块长方形的寨榜，榜中两个大字"望汝"，榜右"万安西寨"，榜左"宣统四年"，横批"迴龙峯"。南寨门前挖有一道水壕，上方曾安装有吊桥。

北寨门上方也镶嵌一块青石寨榜，榜中两个遒劲大字"瞻嵩"，榜右"龙头寨主"，榜左"宣统四年"，横批"少室作屏"。两道寨门上的字均由洛阳书法家高佑书写。

北寨门上面为炮楼，炮楼地面上有个石砌的、仅容一人通过的洞口，内有石梯，可通往底层。

北门外是陡坡，易守难攻，向西有一缓坡可以下山。

从北门进入寨内，西面是一排石拱窑洞，窑洞紧挨着寨子北墙。通过窑洞前的月牙形走廊，到达寨子西北角。

这里有一孔掩映在灌木丛中，非常隐蔽的天然石洞，石洞深不见底，虽宽却低矮，据说此洞可直通寨外山脚下，为紧急情况下逃生所用。

石洞旁边有一座石拱桥，沿此桥可直接登上寨墙。

寨中偏北的高台上，有三间坐北朝南、修葺一新的房屋，据说这里原是梁家的家庙，后改为关帝神庙。

西北角石拱桥

东南面窑洞

庙前西南方向，有一块与山体相连的巨大青石。当年建寨时，工匠们在这块青石上凿了一个长2米，宽1.8米，深约2米的水窖，平时用毛驴驮水上山，将水倒在水窖里，供天旱无雨时饮用。

另外，他们还在水窖前的石板上凿出一条长长的小水沟，以便在下雨时将其他地方的雨水引流到水窖中。为保证水质，他们还特意在接近水窖处凿出两个滤水小池子。

走过水窖，沿着台阶向下，可到南寨门内侧。从南门往北走，靠着东寨墙，有一排五孔石拱窑洞，深7米，宽4米，高3米，现保存完整。

在这排窑洞对面的土崖下，有一间比较隐蔽的窑洞，窑洞里面南墙壁下有一密室。

再往北还有四孔窑洞，现已坍塌，只在寨墙上留有痕迹。

蓄水池

南寨门内侧东面通往寨顶的石台阶

寨墙内侧

南门内东侧有石砌的台阶，可登上寨顶。东面的寨顶上非常平整，沿此可走到北寨门上方的炮楼。

寨内所有建筑均用青石砌成，青石之间用石灰抹缝。

万安西寨的整体布局可分为四层，最上面一层的寨墙通道把寨子四周连接起来，便于紧急情况下人们来往行走；中间两层为错落有致的窑洞，窑洞顶部全部铺上泥土，夯实打平，作为日常活动场所；最下面一层为密室和地道，是储藏物品和紧急逃生的地方。在四层建筑之间修有阶梯和紧急通道，以方便往来。

早年寨墙曾有坍塌，寨内仅剩数间窑洞。2014年经附近村民修缮后，寨墙趋于完整，又在北门上方修建了瞭望台，在寨子里面新修数孔窑洞。

万安西寨布局合理、气势雄伟，为中原地区保存较为完整的一座古山寨，对研究汝州古山寨有重要价值，2016年1月22日被河南省人民政府公布为第七批文物保护单位。

2021年春，万安西寨被开发为"云堡妙境"旅游景点。

北门炮楼通往底层的暗道

窑洞外墙壁悬空的小窑洞

路线：从汝州市区前往大峪镇袁窑村西，按照路旁指示牌子即可到达。

大峪·下焦寨

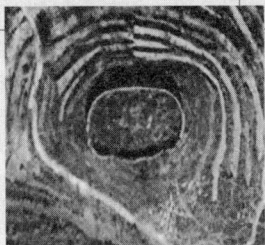

卫星图

位置：东经 113.084848° 北纬 34.187339°

建寨时间：不详

　　下焦寨因位于汝州市大峪镇下焦村南的一座山顶上而得名。另因寨子位于三管山西北，也有人称之为"三管寨"。

从东北方航拍下焦寨

远眺下焦寨

寨墙

寨子围绕山顶而建，大致呈椭圆形。

因下焦寨所处的山头四周坡度比较平缓，四周没有悬崖峭壁可以利用，故而寨墙修筑得非常高大。寨墙用石块干码而成，平均高达6米左右，现上半部有所坍塌，残高在2~5米不等。

为了安全，偌大一个寨子仅在寨子南面留有一个宽80厘米的拱券小门。因寨门上部寨墙坍塌过半，为了以防万一，现在寨门已被附近村民从里面封住。

寨子里面地势平坦，有数十孔石砌房舍残垣，散乱分布在四周。

寨中间一块大石头上，有人工凿出的1米见方的蓄水槽。

寨门

寨中蓄水池（拍摄于2010年）

路线： 从汝州市区前往大峪镇下焦村，向南上山，即可到达下焦寨。

卫星图

大峪·寨湾寨

位置： 东经112.912634° 北纬34.2874916°

建寨时间： 不详

寨湾寨位于汝州市大峪镇寨湾村东头一座天然形成的黄土崖上。据村民介绍说，此寨为周边村民合力共建，目的是防御土匪祸乱。

从东面航拍寨湾寨

南寨门

寨子所处的黄土崖高七八米，四周陡峭。围绕土崖，建有高约2米的寨墙。其中东、西、南三面为土墙，北面因连着后面较低的土台，而全部用石块垒砌而成。现寨墙大多坍塌，仅留少许残垣。

唯一的寨门开在南面，寨门为石券拱门，宽约1.5米，两侧墙壁及台阶全部用石头垒砌。寨门原本保存较好，2000年7月15日被暴雨冲毁，如今只剩下两侧墙基和寨门前的石台阶。

寨子里面地势整体较为平坦，自东向西有一土崖将寨子分为南北高度不同的两层。据村民介绍，当时各家各户在寨子上都有一间临时避难时住的小房子，如今多已坍塌。

寨子南面有一口水井，水井一直深挖到寨子下面的河床，故而当年寨子上并不缺水。

当时寨子下面修建有一条环形地道，如遇土匪攻入寨子或者堵住寨门等紧急情况，人们可以通过地道中的竖井到寨子下面的窑洞后逃生。

寨墙残垣

从西南方航拍寨湾寨

路线：从汝州市区前往大峪镇寨湾村，寨子在村子的东南角。

大峪·邢坪寨

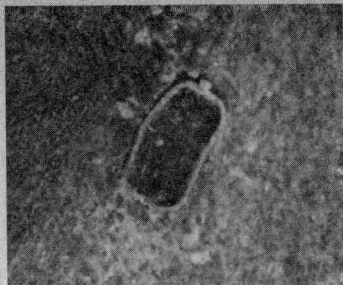

卫星图

位置： 东经113.029259°　北纬34.2581349°

建寨时间： 不详

邢坪寨因位于汝州市大峪镇邢坪村而得名，又因寨子修建在江咀山顶，也被称为"江咀寨"。

从南面航拍邢坪寨

　　寨子东、西两面是陡峭的山坡，南、北为较缓的山脊。山寨整体呈东北—西南走向。

　　寨墙用山上岩石干码而成，残高2~3米不等。南、北两面寨墙外侧，各修建有一座两层炮楼。炮楼依托寨墙，向外凸出，与寨墙形成直角，两个寨门就分别隐藏在炮楼西面的这个直角处。现炮楼上部已坍塌，只剩底层。

　　寨门均为石券拱门，门洞宽不足1米。其中南寨门因寨门上方寨墙坍塌，将门洞下半部堵塞，已无法通过。北寨门保存尚好。

　　寨内地势西高东低，寨中原有多处房基遗址，现大多已成乱石堆，看不出当初模样。

北面炮楼

南面炮楼

南寨门

北寨门

从西南角航拍邢坪寨

　　路线：从汝登高速到大峪镇下高速，正对着高速口的就是邢坪村。从村子东面小路步行上山，可直接到达寨子。

大峪·羊福岭寨

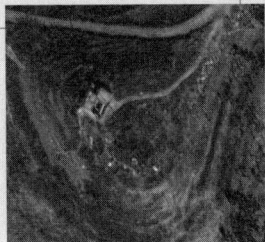

卫星图

位置：东经113.049489° 北纬34.210258°

建寨时间：不详

羊福岭寨位于汝州市大峪镇田窑村西北的羊福岭上，大致呈椭圆形。

从西南面航拍羊福岭寨

残存的寨基（朱现伟拍摄于2012年）

寨中石臼

　　寨子四面缓坡，东北角沿着山脊与其他山峰相连。寨子所处位置看似不高，其实它的海拔比西北面突兀而起的青牛山还高，只因与连绵起伏的群山相互连接，故而缺少山峰应有的突兀挺拔气势。再加上近年来安装风力发电设备时新修的土路从寨旁蜿蜒而过，更是让这个昔日据险避难的山寨完全没了险峻可言。

　　寨墙所用青石系就地取材，原寨墙高大，现基本坍塌殆尽，只剩下一圈碎石。寨子东北角有寨门痕迹。

　　寨内地势平坦，依着南墙有数间石屋房基残垣。东边的大青石上，凿有一个口径20多厘米的石臼。

寨中新建的电视转播塔

石屋残垣

　　路线：从汝州市区前往大峪镇田窑村，沿着安装风力发电设备时修建的土路一直向西南方前行，即可到达羊福岭寨。

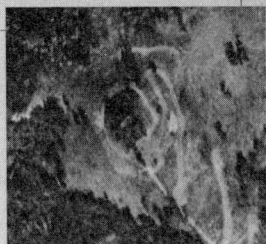

卫星图

大峪·旋风垛寨

位置：东经112.904639　北纬34.263541
建寨时间：民国四年（1915年）

汝州市北三十里许，纱帽山北、玉皇山西，群山万壑间，一峰耸然特立，名曰"旋风垛"。

从西面航拍旋风垛寨

寨基

祖师庙门

庙前石台阶

垛上有祖师庙一座，初建于明正德十三年（1518年）。期间历经多次重修，仅寨中碑刻记载的便有清康熙二十五年、康熙四十五年、康熙五十八年、民国四年秋等。

其中民国四年（1915年）秋重修时，不仅将祖师殿三楹、两侧厢房六间全部翻新重建，还新盖了山门，铺设了从山门直到山脚的石阶梯。更重要的是在庙宇周围，围绕着山头，用石块砌成一道坚固的高墙。这次重修不但奠定了旋风垛祖师庙今日的规模，也给身处乱世中的人们提供一个临时避难场所。

附近年长的村民大都听父辈说过：当年战乱频繁，旋风垛因山势险峻，易守难攻，故而当地很多村民都曾避兵祸于此。因此，旋风垛祖师庙应该属于具备山寨功能的庙宇。

如今的旋风垛上，新修有大门朝向东南的祖师大殿三间、以及两侧的六间厦房。四周石墙早已损毁，只能从那残存的墙基，以及一圈明显比四周高且平整的地形上，管窥一斑当年寨子的模样了。

祖师庙

旋风垛寨

路线：从汝州市区到怪坡后，沿着山路方向一直向北前行，至电视转播塔折转向西，便可到达。

附：旋风垛寨部分碑刻

碑文释录：张礼安 陈素贞

创建祖师庙记

夫□汝州治之正北，风穴西后有一山，名璇（旋）风朵（垛）。风穴□□□顶上基址一区，堪为圣地之方，可立神祠，乏人修建。

正德十三年，忽有舞阳县一僧圆增持杖执钵远方而来游于本山，观得山明水秀，斋沐舍身，奋发其志，展大精神，坐于山中祈告神力，感通□得地主高仲景等前来，见得本僧气象慈样，诸尘不染，戒行精严，立□水□诚心，创建祖师官殿金身。本僧不负佛祖之恩，遍历诸方募□，檀越施主随缘施舍，木料砖瓦□□而至，以此命匠鸠工建造，不易二载，致将官殿修盖完备。续有郊县一僧比肩圆成，同协成心间。正德十五年二月初旬，所有本郡官庄保二图，□于岚抛妻弃子，立心好善，真诚悟道，本性天然，廉静寡欲，有守有□，削发为僧，□投舞阳县僧人德惠为师，起名圆福。沐手焚香拜□山林顶上。

接工随缘，启化十方，施主喜舍资财，众轻一举，一□丛林，庆心专为恭塑正尊及侍立诸天帅将，金箔颜料，卓磬钟鼓，妆饰整齐。工成已完，无不敬畏□□乎，如在其上，如在其左右，其神□过者，化所存者，神隐显莫测，求福殄应□，告者□□□□圣寿，更祈一郡黎庶平安，田蚕茂盛，风调雨顺，四时有序，五谷丰盈。以此不□□主，诚功善□□□及施主信士，输资之难，立石为名，千载不泯，万世不磨，故立碑碣以垂永远，是为（序）。

大明正德十五年岁次庚辰仲冬既望汝阳幽居舍赵缙书

重修汝郡旋风垛祖师殿三间灵官□坛殿二间并妆塑祖师圣像碑记

上古时，海外有净乐国，其国王及其后曰：善胜皇后笃于修善，精诚上通，因而元始化身托胎于善胜皇后。孕灵十四月，于黄帝元年甲子三月初三日甲寅降生。生而神灵，仰观俯察，靡所不通。迨年十五弃青宫之贵，辞国王、王后，欲寻静幽炼□真，遂感紫虚元君，传以无极之道，令其越海游历中国。至太和山紫霄峰紫霄岩止居焉。潜虚玄一，默会万真，积四十二年大得上道。时黄帝五十七年甲子重九月丙寅有五，真具丹舆绿辇奉迎，遂浮空上升焉。时玉帝赐号玉虚师，相辅天上帝，即玄帝祖师也。职至断除妖魔，护国庇民。越三千余年至胜国文皇时以有辅翊之功，乃倾内府之藏铸金宇太和山紫霄峰，而汝郡之北距城三十里许。皆众山环抱，一峰奇突插天，南望白云，北眺二□，曰旋风垛。其上亦有玄帝行宫焉，考其所建乃在正德之时，盖亦仍是□祖时遗意云。此时嗣是而后损，而辑之者屡矣。迨末季，闯、献屠戮中原，庙貌多有倾圮，而斯庙遂荡然无存矣。

清康熙四十五年丙戌，居此山之麓诸善信登山而观故址，览石记怆然有感，因各兴善念，捐□□□以□，用财用既集而工作以兴，至丁亥春而殿宇告成，其规模制度虽不必仿紫霄之金宇，而趺翼天□，鸟鹊翚飞，盖□伟观矣哉！如古僧山辈者，如式建山像，而龙眉凤目、绀发美鬌，九气之玉、松罗之服，肖像之工，妆銮之妙，虽太和山金质亦未之或过。又历数年，而玄坛灵官之殿亦就，今己亥秋，遂卜日而落成焉。乃嘱余言以纪其□，余曰：是□也，虽曰重修，□创□诸君□矣。而功亦巨矣。余敢以固陋辞而没诸君子之善乎？爰志其巅末，叙□岁时以彰一时之盛举焉。夫帝之□何地而□□也，而岂必专于斯耶。然帝之灵无地而不在也，又何必不于斯也。则上而福国，下而福民，而且加惠于阖汝人民，加惠□□□事诸君子也。岂其微哉。后之览斯志者以善继善，斯庙庶几不朽矣。

清康熙五十八年岁次己亥菊月上浣 谷旦

汝郡贡生汪兆麟薰沐撰文
改庠生员刘灿沐手书丹
妆塑者：牛敬寿
刊字匠：姚得位
主持僧人：□通见

旋风垛祖师庙重修碑记

莫为之前，虽美弗彰；莫为之后，虽盛弗传。汝治北旋风垛有祖师庙一座，东连脉于紫云，西接逵于纱帽，南临风穴，北依白云，四面环抱，天地钟毓灵秀之区也。明清以来，屡经重修，代远年湮，庙貌暗然无色。时游观者日观心伤，遂各捐己资，募化善士，于民国四年秋重修祖师殿三楹，创修东西厢房六间，山门一所，以及庙前石路阶级、周围院墙，金装神象（像），彩画庙宇。不惟庙貌亦新，而且神灵有所受矣。至今工程告竣，列诸贞珉，以垂不朽云。

清太学生王云亭龙川氏 撰文
清庠生马见龙云从氏 书丹

中华民国九年岁次庚申喜月吉日立

重修汝州旋风垛祖师殿金妆神像碑记

环汝皆山也。其东北诸峰林壑尤美，望之蔚然而深秀者风穴也。此地有垛曰峻岭，茂林修竹，又有清流激湍，映带左右，苍翠诡状，绮绾峄错，汝旁名胜地也。其西北有旋风垛一峰，是山萃然起于莽苍之中，耸然而特立，曲有奥趣，盖天钟云，于是幽静非常。高人游历之区，乃神灵栖止之域。上有祖师殿三楹，考遗碣所存，创建于有明中叶，重修者已经数十余载矣。日久月长，风雨倾圮，今有住持普月（渡），独出己资八十余千，复重修之。鸠工庀材，诸金璧丹漆之饰备焉。里人□、□、□姓，慨发善念，金妆神像。士绅施钱四千二百，全惠钱四千二百，榜一千，不数月而庙貌、神像皆焕然一新。将见圣有栖止之所，而名胜之地不至减色，骚人韵士旷览于其际，游目骋怀，足以极视听之娱，信可乐也。是役也，功德虽非浩大，而前此之创建者、重修者胥赖以不坠矣。其善何可没欤？爰勒以贞珉，以垂不朽云。

大清康熙二十八年岁次己巳年菊月　日

汝郡儒学□童□振□书丹

汝郡廪膳生员□其□撰文

旋风垛祖师庙门前残碑

南膳（赡）部洲今据大明国河南道汝州寿永乡，在城各里人氏不同，俱在门楼等庄周围居住。今有信人黄守正、刘进忠等，发心举念。旧有璇峯朵（旋风垛）玄帝庙一所，年久损坏，□□众信粮饭，踏垒庙墙。工完，刊石为记。

计开：

社首：黄守正刘氏、刘进忠张氏、刘孟春杨氏、□应解、任守良、杨贵金、刘阳、李孟珠、刘隆、王纲阵、牛才、黄东星、如来、王世隆、王世元、侯门薛氏、黄永明

铸造真武大帝铁像功德铭文

大明国河南汝州杏原保北山旋风垛新修祖师庙二所，发心化主僧人圆增，善化十方，许造铁祖师一尊，磬一口，重五十斤。

施主姓名略（四十一人）；

工德施主姓名略（四十七人）。

南阳府裕州舞阳县僧人圆增、秦政母周氏。

金火匠：王守斌、王守全、男王聚宝
李隆、李塘、王义

正德十五年六月吉日造

（以上文字见玄武铁神背后）

大峪·赵楼寨

卫星图

位置： 东经112.953861° 北纬34.27789°

建寨时间： 不详

赵楼寨位于汝州市大峪镇赵楼村西北临近山坡高达数米的黄土崖上，大致呈三角形。寨子的三个角分别朝向东、西、南三面。

从西面航拍赵楼寨

因寨子北面与山体坡地相连，故北寨墙修建得相对比较坚固，下部用石块垒砌，上部以夯土筑成，其宽约5米，高约10米。而寨子的东、西、南三面临崖，所修建的夯土寨墙只有两米多高，且宽不足2米。如今四面寨墙只有北寨墙保存较好，其余三面土墙几乎坍塌殆尽。

北寨门

赵楼寨所处的黄土崖层东、西两面垂直陡峭，朝南面的那一角坡度稍缓。为提高安全系数，人们用石块将南角土崖从下到上全部覆盖起来，并在中间留出一道用石块铺就的台阶，供村民上下。

台阶下面有一粗壮的檩树，人们形象地将修在树旁的上山小路称为"七十二道檩"。沿着台阶上到寨顶，再沿着寨墙外小路，即可绕行到东寨门。

当时村民大多在东、西两侧的土崖下挖窑居住，遇到紧急情况，便可通过此台阶迅速跑到寨子里避难。东寨门曾为村民出入的主要通道，现已被新修的、直上直下的石台阶路所取代。

寨中的石楼

用石块覆盖起来的南面土崖

北寨墙

从东面航拍赵楼寨

新修的通往东寨门的石台阶

为方便牛车出入，村民另外在北寨墙东侧开一宽2.8米、进深6米的青石拱券寨门，此寨门后期有所坍塌，经修复后至今保存完整。

寨内原有庙宇数间，后尽毁。民国七年（1918年）冬，本里梁君俊伍出资，构筑坐北朝南、石券双孔窑洞式结构的石楼一座，上贮社仓，下为家塾。

石楼设计整齐大方，石门、石窗用材精良，石刻对联楷书书写，字迹工整，牖窗上部的石质护栏高浮雕，图案清晰，工艺精湛，具有很高的历史价值和艺术价值。

石楼前面，现为新建的赵楼小学所在地。

石楼上的碑刻

胡海伟（右）、胡贞霞（左）在赵楼寨拓印碑刻

附：赵楼寨上石楼碑文

石楼纪事（有序）

此系庙中隙地，本无楼也。民国七年，本里梁君俊伍始出资砌石构此。上以贮社仓，下以为家塾，亦公私之两便者。计费钱千余缗，阅时八九月竣功。董其事者为赵君文魁、王君克纯、吴君玉印、董君庭萱及庙中住持本镜。例得并书：古庙荒芜地，屹脱石作楼。不需樑栋力，自解雨风愁。储秀升桃李，防仇比麦舟。何人成义举，世德仰龙头。

屏峰山人题

登邑刘同会书

共和民国七年冬月立

路线： 从汝州市区行前往大峪镇赵楼村，向北至赵楼村村部，沿西面台阶可登上寨子。

汝州古山寨之

寄料镇

寄料·草积山寨

卫星图

位置：东经112.640516° 北纬34.061832°

建寨时间：清同治年间

草积山寨因位于汝州市寄料镇东北的草积山（当地人俗称"老寨坡"）上而得名。

从西面航拍草积山寨

从南面山下看草积山寨

据寨中石碑记载："寄料镇东北隅有草积山……同治年间，捻匪扰攘，蹂躏汝境。环山居民无以安集，即以此山险阻，可以避兵燹，可以图保聚。于是相势筑寨，结构成庐……"又因传说有土匪进攻此寨时被守在寨上的七个老婆婆用石块击退，故而也有人称之为"老婆寨"。

草积山虽不甚高，但却是离寄料镇最近的一座高岗，且四面峻峭，中峰突起，故而地势相对比较险要。

寨子围绕山头而建，为椭圆形，大致呈东北—西南走向。寨墙全部用石块干码而成，宽1.5米左右，残高2~4米，上有女墙、垛口、射击孔等。

为加强防御，人们在寨子南面的山坡下另外修筑一圈石墙，并将这外层寨子称为"大寨"，将内层主寨称为"二寨"。两层寨墙的南面，修建有样式大致相同的两道寨门，寨门宽1.5米左右，上部均建有岗楼。

主寨的东北、西北和西南角，各建有一座炮楼。再加上内外寨的两道寨门，以及寨外山坡上密集的荆棘丛、错综生长着的酸枣树，更是让人难以逼近。这些人为防御措施和天然屏障相结合，使得草积山寨在战乱年间多了几分安全保障。

寨门旧址

寨子在1949年前后保存得比较完整。1966年，寄料中新厂在寨东面建了一座水厂，为了利用这些水力资源灌溉附近土地，1967年，村里将南面寨墙上的石头拆掉，在寨南的山坡下修建了一座石桥。

后来亦有村民将寨墙上的石块拉回去建房，寨墙遂逐步坍塌损毁。至今，寨墙上部大都已经坍塌，寨基部分尚有遗存。

寨中最初建有祖师庙三间，现扩建为庙宇群。

东寨墙残垣

路线： 从汝州市区前往寄料镇，寨子在镇子的东面。

附：草积山寨中碑刻

碑文释录：杨占营　刘占江　张建庄　陈素贞

重修祖师圣殿并金妆神像碑记

汝郡西南寄料镇东北隅有草积山，考之州志，汉光武驾幸洛阳驻跸於此，因得名焉。此山四壁峻峭，中峰突起，接岘山之光，把蓝桥之翠，峥嵘环其北，青龙障其南，胜地也，亦名山也。

自同治年间，捻匪扰攘，踩躏汝境。即此山险阻，可以避兵燹，以图保聚，於是相势筑寨，结构成庐，修造门楼之巽方，创建庙宇，栋宇流辉，时金妆之巅顶，妆饰焕彩，以及山门之殊势异。今时殊势异，而庙宇、神像以及门楼风雨剥蚀，而庙宇、神像以及门楼尽为倾圮。近村人士思神明之默佑，窥形势之倾颓，莫不见而生感。因於光绪乙巳年春，募化捐资，鸠工庀材，於败坏者增补，颓废者修之，暗淡者丹青之。不转瞬而庙宇神像以及门楼焕然事新，倘非诸村向善之力，何克臻此也耶！是为序。

伊邑增广生员王绍庭子训氏撰文
汝郡儒童郭俭宗禹氏书丹
（首事及布施人员名单暂略）
大清光绪三十一年季春下浣谷旦立

杨占营（左）、刘占江（右）在草积山寨抄录碑文

卫星图

寄料·猴王寨

位置： 东经112.565113° 北纬34.005214°

建寨时间： 不详

　　汝州市寄料镇蔡沟村林场东面，有条南北走向的山脊，中间有座高耸突兀的山峰，猴王寨就建在这座山的山顶上。由于山势险峻，几乎无路可攀，似乎只有猴子才可以占山为王，故取名"猴王寨"。

从西面航拍猴王寨

从东面航拍猴王寨

到猴王寨几乎无路可走

寨子东临绝壁，北面是山崖断层，故而只在西面和南面建起一道弧形寨墙，两端连接东、北两面悬崖。

也许是山势过于险峻，建寨实在不易，寨墙所用石块大小不一，垒砌也是参差不齐，有些甚至是顺势直接摆放在山石之上。

据蔡沟村村支书刘营川、村主任孙强以及村民陈同介绍，猴王寨原有两个寨门：一在南面垭口处，一在西侧嶙峋的乱石之间。如今南面垭口处的寨门已无踪可循。西寨门因两侧寨墙毁坏严重，现只能辨别出少许遗迹。

寨子几乎包括了整座山头，地势也保持着山体的自然状态，东高西低，落差很大。

寨中石砌房舍的分布比较松散，从进入寨子到山顶，均有房舍遗迹存在。

南寨墙残垣

西寨墙残垣

路线：从汝州市区前往寄料镇蔡沟村林场，沿着沟底前行百余米，东面半山坡上有几间老房子，从此处向左前方攀登至山顶，便可到达猴王寨。

提示：因为上山的路早已被密密麻麻的灌木丛所覆盖而无从寻觅，如前往，须请当地村民带路方可。

寄料·松崖寨

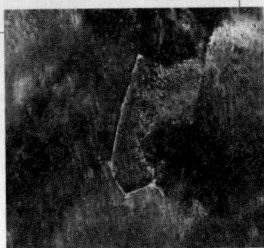
卫星图

位置： 东经 112.555479°　北纬 34.003169°

建寨时间： 不详

　　松崖（当地人读"ai"）寨位于汝州市寄料镇蔡沟村林场沟西侧的山崖上，与沟东面的猴王寨隔沟相望。

　　寨子选取南北走向山崖中的一段作为寨址，东面临崖，南、北、西三面石砌寨墙将寨子环绕成一个开口向东的簸箕形状。

从西南方航拍松崖寨

从东南方航拍松崖寨

　　寨墙用就地取材的石块干码而成，石块大小不一，但垒砌较为整齐。寨墙宽1.5米左右，残高在1~3米不等。

　　唯一的寨门设在西面，宽约1米。寨子有四座两层炮楼，分别设在寨子的北面、东南角、西南角以及西面寨墙中部。炮楼上层均已坍塌，底层保存完整。

从北面航拍松崖寨

寨门两侧的炮楼

寨内地势东北高西南低。东北角有垒砌的、比周边地势高出约1.5米的高台。

寨中植被茂盛，灌木丛盘根错节，从其缝隙中，依然能够看出很多房基遗迹。

寨墙残垣

路线： 从汝州市区驱车前往寄料蔡沟村林场。沿着沟底一直向里走，经过大石门、小石门、山后村，以及大山褶皱中三处废弃房舍后，左转开始上山，一直到山顶，便可看到松崖寨。

西寨门

寄料·青阳寨

卫星图

位置：东经112.536199° 北纬34.018349°
建寨时间：不详

　　青阳寨位于汝州市与汝阳县交界的岘山上，取名"青阳寨"，盖因山中植被繁茂，而寨子大部分在山南之故。

　　青阳寨建寨时间久远，史书中多有记载。如《金史·列传》中曾记载："天兴元年正月，同知宣徽院事张楷授防御使，自汴率襄、郏县土兵百余人入青阳垛，时呼延实者领青阳砦事……"

青阳寨最高峰玉皇顶

岘山

青阳寨作为兵家必争之地，屡经战火，历代均有修葺，至今仍留有寨墙等诸多遗迹。

青阳寨的面积很大，寨墙沿着岘山南面几座山峰的山势而建，地势平缓之处寨墙较高，遇到崖壁或者巨石等险峻之处，便以此作为屏障，最高处一直延伸到岘山最高峰玉皇顶。

寨墙用料全部系就地取材，用大小不一的石块干码而成，从遗留下来的痕迹可以看出，其寨墙宽1~2米。

青阳寨设有东、西、南、北四个寨门，其方向因山势而稍有偏移。

东寨门其实在寨子的东北方向，位置在如今"过风垭"处的山垭口。西寨门在铁顶山牌坊西几米处，现寨门已经坍塌，仅余豁口，两侧残存有宽2米、高约2.5米、长20多米的寨墙。

玉皇顶上据说是李世民亲手所写的"危峰独见"

东寨门

北寨门旧址

西寨墙

从西寨门进入后，沿着山路可直接到祖师庙北面的二道宫山坡上，这里是北寨门所在。现在杂木丛中，依然可以看到蜿蜒延伸着的寨墙痕迹。

东、北、西三个寨门为当时寨子对外的主要通道。而南寨门则在今天铁顶山牌坊南侧、老君庙南几米处的山坡上。它的前面不远处为一条倾斜着的深沟，南寨门设在这里的主要目的是防备从沟里面上来的敌人。

路线1： 从汝州市区前往寄料镇炉沟村，沿沟走到黄家湾村后，步行上山可到达。
路线2： 从汝阳县城沿汝鲁线，到刘槐沟村后折转向东，沿山路上行即可到达。

寄料·四寨山大寨

卫星图

位置： 东经112.642887°　北纬33.978332°

建寨时间： 不详

　　四寨山是汝州市寄料镇九峰山景区主峰向西依次排开的四座山峰，其峰状如垛，像四座寨子，故取名"四寨山"。另因山之西有九峰相朝，又名"九峰山"。

大寨全貌

大寨现开发为九峰山景区

据寨中石碑记载：当年四寨山的四个山头上均有寨子，如今三寨和四寨上的寨垣痕迹几乎找寻不到，只有大寨和二寨上还有寨门、寨墙等遗址。

大寨的位置在九峰山主景区内，围绕整座山头而建。因大寨四周山势陡峭，便借助四周山崖作为天然屏障，只在南、北方向留有两个山门作为进出通道。

北寨门在如今九峰山景区主峰碉堡处，旁边那个利用天然崖洞搭建的小屋，据说就是昔日守门人的住处。

南寨门小且狭长，两侧的石墙保存完整，上面放着一块大石板作为遮挡。寨门东边的悬崖边有一间石砌的房舍残垣，应是当年守寨人的居住场所。

北寨门及寨顶的庙宇（拍摄于2009年）

南寨门

南寨门下面，是一条蜿蜒陡峭的进山小路。因为寨门两侧全是近乎垂直的崖壁，故而南寨门是南面进寨的唯一通道。只要扼守住小小的南寨门，便可起到"一夫当关，万夫莫开"的作用。

用航拍俯瞰大寨，只见寨子中间高四周低。仅存的南寨门和下面狭窄的小路如同字母"Q"右下面那个小小的辫子一般，是连接寨子与外界的通道。

寨子正中间原有四间石砌房屋，其中两间被当作小庙，供奉着神灵，此处现为九峰山景区玉皇庙所在地。

寨子东面山坡上有一段楚长城遗址，壮观的烽火台就在其中。

如今的大寨，很多建筑因景区开发而荡然无存，只有这个幸存下来的南寨门，似乎还能证明它曾经存在过。

南寨门外小路

楚长城烽火台（拍摄于2009年）

四寨山

路线：从汝州市区驱车前往九峰山景区，上山至九峰山玉皇顶。从玉皇顶沿小路往南，即可看到现存的南寨门。

附：四寨山玉皇庙中部分碑刻

碑文释录：张礼安

明嘉靖七年三月伊川张缙所撰《重修真武祖师庙记》

汝之西南百里，鲁山之西百里，有山名曰九峰，其山峻秀引众山之来，故以为名。先弘治戊午年有北子店西山二郎庙口壬门口在庙焚修香火，每于清晨时见此山放五色毫光。口口口得其情，诉说街民知事者，遂有善士陈金奉闻说此言，诉于众街邻乡党，相偕同临山顶。摒树分林，筑道致木而寻此山放光之源。众人行间，忽见有古迹砖瓦数块，俱有字云真武庙。陈金奉遂询于地主口显、王臣口各各踊跃，情愿喜随捐力重修真武祖庙。其山东至双口，南至回寨，西至口平，北至口口口。陈金奉甘输己财，交命道士智崇口于十口口各并良心，从是年输财起工，至正德元岁，落成祖师庙三殿，内塑祖师及十二天将，东修圣公圣母堂，内塑公、母文武臣。内修天地水三官。庙内塑三官等神，为一方众民生灵赐福。恐为后世遗忘，故书此文为以记云耳。

民国十四年清岁贡生候选训导魏庚荣所撰《九峰寄山重修祖师殿、玉皇殿、伽蓝大殿碑记》

汝之南、鲁之西北界有山焉，峻极莫比。其上有庙一座，前殿三楹曰祖师，后殿三楹曰玉皇，历年多所栋宇神像脱落无光。民国纪元以来，刀匪猖獗，四方之民逃居山寨者，蒙神灵之保护，悯庙貌之倾坏，募化四方，庀材鸠工，不数月而堂构辉煌，神像照耀。且于祖师殿之北厢创修伽蓝殿三楹，南厢创修火神殿三楹，大门之间筑一拜殿，有基未成，焕然聿新，告厥功成，诸善士请志于余，余想是山也，或曰九峰寄山，因山之西有九峰山相朝也，嘉名不一，或曰三寨山，因西有二寨山，南有击鼓台也，或曰九峰寄山，前后左右之依山而居者，赖山之险保保民之生。前后左右之依山而居者，赖山之险保保民之生。易曰：『王公设险以守其国。』余曰：『天作高山以保生民，诚神灵呵护，不可不酬也。聊刻诸石，以作后世纪念云。

民国十七年郡庠生王仰羲所撰《真武火神殿碑记》

九峰山峭壁嶙峋，高摩天空，群山罗列，如相拱极。泂神灵所凭依，亦周围居民所持以庇护者。其上旧有玉皇庙，验视残碑，盖建自明万历，而重修于清乾隆年间。近于民国十四年经耆耇吉修募化重修，并创建真武火神等殿。迄今风雨飘摇，庙貌不整。复经李君平定，高君春令竭力募化，协助耿君将玉皇塑像、祖师殿金妆绘画，栋宇墙壁焕然一变而人鲜天礼。祖师尊号玄武，职司水德而泽润生民。《孟子》曰：『民非水火不生活。』则李君高二君，协助耿君重修祖师、火神圣像也，深得崇德报功之意欲。工既竣，因将诸善士姓名之功，与神之德、山之竣同垂永久于不朽云。

大寨上原来的庙宇

寄料·四寨山二寨

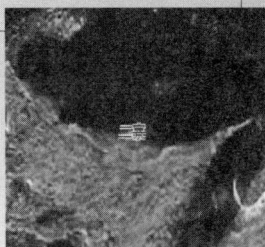

卫星图

位置：东经 112.639111° 北纬 33.978545°

建寨时间：不详

四寨山二寨在大寨西侧一座孤立陡峭的山峰上。

从北面航拍二寨

沿着山崖攀登方可进入寨子

察看寨中地势

　　山峰南、北两面是陡峭的悬崖，直上直下如同刀削一般。东面山势虽然有所向前延伸，但依旧险峻异常，难以攀登。只有西面和三寨相连处有向外凸出的嵯岈山石，可以依此攀缘而上，方可到达二寨门口。

从南面航拍二寨

西寨门

寨墙残垣

二寨依据此处险要的山势而建，在悬崖边用石块垒起高约两米的寨墙，并在山峰的东、西山口处设立寨门，在寨门内侧，各建起一座炮楼。

如今，东寨门已坍塌，南、北寨墙也只留下几处残垣，只有西面的寨门和两侧寨墙还完整地保留在那里。

寨内地势保留着山体的自然风貌，中间高耸，四周平缓，平缓处有几处房舍残垣。

从西面航拍二寨与远处的大寨

路线：从汝州市区到达九峰山景区最高峰后，沿着景区西面小路继续西行，前面不远处有一座四面绝壁的山峰，峰顶即是二寨。

寄料·来安寨

卫星图

位置: 东经112.685384° 北纬34.030024°
建寨时间: 清同治元年(1862年)

　　来安寨位于汝州市寄料镇郭沟村西的山崖上,据寨中石碑记载,寨子始建于1862年,由当地一王姓大户率领族人,历时一年多,终将山寨建成。取名"来安",意为"紫气东来,安居乐业"。因寨内没有水源,当地人也称之为"干寨"。

从北面航拍来安寨

寨东南面山崖

女墙及马道

来安寨寨墙呈环形围绕着整座山头。因寨子东南临崖，崖下是湍急的白河，故而寨墙较低，其余几面的寨墙相对高大许多。寨墙全部用青石垒砌、白灰抹缝。其宽约2米，高度在5~8米之间，建有女墙和宽约2米的马道。

寨垛

女墙上均匀地分布着垛口、瞭望孔和射击孔。内侧马道亦随着女墙环绕四周，墙下垒有台阶，方便人们随时登上寨墙。

寨子在西南角和北面各开一拱券形寨门，均为上下两层结构，下部为进出通道，上部为炮楼。寨门上有门斗，门斗上悬有千斤闸，必要时可随时落下，将寨内与寨外完全隔绝。

北寨门

前来游玩的人络绎不绝

西南角寨门

两个寨门的建造样式略有不同。其中，西南角的寨门上镶嵌着一块青石寨榜，榜中两个大字"挹翠"，榜左"来安寨"，榜右"大清同治元年吉日"。寨门外两侧距寨墙三四米处，原有两座圆形岗楼，现已坍塌。寨门内为单纯的进出通道，东面石墙上开有一小间石屋，为守门人住所。

北寨门上方亦镶嵌有一块青石寨榜。榜中两个大字"拱极"，榜左"来安寨"，榜右"大清同治元年吉日"。寨门内侧原为长条形拱券门洞，现已损毁。

除寨门上方的两座炮楼外，寨墙的东北角、南面以及两个寨门之间还建有四座炮楼。六座炮楼的两侧均开有小门，方便人们出入。

寨子正中间另有一座三层高的圆形炮楼，一层四周共镶嵌有八块正方形石块，上面凿有内宽外窄的葫芦形射击孔。二楼四面墙壁上同样镶嵌有八块正方形石块，上面凿有镂空十字形的射击孔。最高层为瞭望台，周围有垛口和瞭望孔。此炮楼现上部已坍塌成乱石一堆，只有房基及16块凿有射击孔的方形石块依旧存在。

寨中七座炮楼分布图（绿色标记为北寨门）

2021年修葺后的来安寨寨墙

寨中祖师庙

中心炮楼一层墙壁上的葫芦形射击孔

中心炮楼第二层墙壁上的十字形射击孔

寨内房舍残垣

据寨中原居民王小平介绍说：在这座中心炮楼西面十余米处，有一深不可测的洞穴，洞口宽约一米，呈45度角倾斜着向下延伸。冬季寨内白雪皑皑，唯此洞口附近无雪，且有缕缕白烟飘出。寨子东南面崖壁半腰处亦有一洞口，洞内情形因处于悬崖峭壁上而无从探究。

来安寨面积有五十多亩，青石垒砌的几十间房舍随形就势，分布在寨子四周。水窖、储藏室、打更室、牢房、牲口圈等一应俱全。如今，多数建筑已坍塌损毁。

北寨门内几十米处，有建于1863年的关帝庙三楹，庙中保存有民国九年的残碑半块。

北寨门上的匾额

西南寨门上的匾额

路线：从汝州市区驱车前住寄料镇郭沟村，或步行上山，或从郭沟北驱车上山均可到达。

寄料 · 崖屋寨

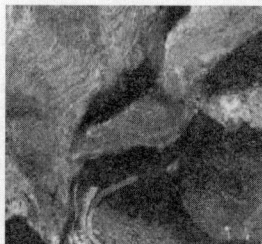

卫星图

位置： 东经112.613256° 北纬33.997289°

建寨时间： 不详

　　崖（当地人读"ai"）屋寨位于汝州市寄料镇鹦哥咀村西北山头上，因山下有崖屋寺而得名。又因寨子只有东北一圈弧形寨墙，当地人也称之为"寨圈"。

　　寨子北面为陡峭的山坡，西、东、南三面临崖，崖下有河流环绕而过。河流和断崖形成一道天然的屏障，故而，寨子只在北面修筑有一道寨墙。

从北面航拍崖屋寨

寨下的崖屋寺

寨中残破的石臼

寨墙宽1.5米左右，两侧用大石块垒砌，中间以碎石填充。寨墙上部大多坍塌，底部残高1~2米左右。寨门在寨子的最南端，现已坍塌成一堆乱石。

寨子围山头而建，面积很大。寨内地势西北高东南低。寨子南面和东北角有房舍的残垣遗存。

寨子东面的大石上，人们凿出用来舂米的石臼已有些风化。

寨墙

通往寨子的山脊

路线：从汝州市区前往寄料镇鹦哥咀村，进村后向右前方行驶到一座废弃的窑址前停下，沿着窑前小路下到沟底。向左侧前行到崖屋寺，向右侧沿着狭窄的山脊向上攀登，即可到达崖屋寨。

寄料·牛家寨

卫星图

位置: 东经 112.645258°　北纬 34.008096°

建寨时间: 不详

　　牛家寨位于汝州市寄料镇花果庄与新庄岭之间的山脊上,是由附近几个村的村民共同集资修建,因寨西山坡上有最早来此落户的牛姓人家居住,人们便将此寨称为"牛家寨"。

从北面航拍牛家寨

寨门

寨墙

寨子围绕着整座山头而建，山头上遍植柏树，茂密的绿色几乎将整座寨子掩映，但用航拍俯瞰，寨子的轮廓依然清晰可见。

寨子呈东北—西南走向，东北宽、西南窄，大致为不规则的三角形。寨外西、北两面为陡坡，东、南两面的山坡坡度较缓。西南角有一条狭窄的山脊与其他山岭连接。

牛家寨唯一的寨门开在南寨墙偏东处，宽约1米，门洞轮廓保存较好。

寨墙全部用石块干码而成，宽1.5米左右，现上部有不同程度的坍塌，底部残高在1~3米不等。从残留下来的遗迹可以看出，当年的寨墙上修有女墙、垛口和瞭望孔等。

寨子的西南角和西北角各建有一座两层炮楼，现仅余底部残垣。

寨中地势西北高、东南低，

寄料镇花果庄赵更新老人向陈素贞讲述牛家寨历史

寨中房舍残垣

凿在大石头上的石臼

寨中残存的磨盘

中间曾有不少房舍，但大多坍塌。其中，寨子西面有五间排列整齐的房舍残垣。这些房舍有单独一间的，也有两间连在一起的。

寨内西北方留有残缺的磨盘一个。寨子中间的一块大石头上，凿有一个口径25厘米左右的石臼。

从西面航拍牛家寨

路线： 从汝州市到寄料镇后继续向南，过董王沟村后向东行至新庄岭附近，折向北面，沿山脊前行，即可到达牛家寨。

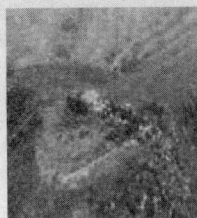

汝州古山寨之

陵头镇

陵头·红石寨

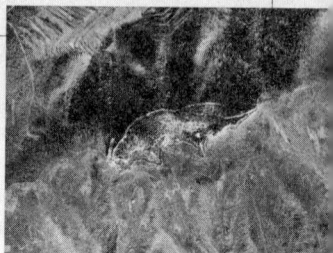

卫星图

位置： 东经112.832729° 北纬34.333297°

建寨时间： 不详

　　红石寨位于汝州市陵头镇李窑村北面一道呈东北—西南走向的狭长山脊上，因建寨所用石头系就地取材的红石头，故得名"红石寨"。

从南面航拍红石寨

北面寨墙残垣

东南角寨门

红石寨依照山势建造，南北较窄，东西狭长。寨内面积很大，包括了自东向西的三四座山头。

寨子南面临崖，北面山势陡峭，只有东、西两面面对山脊，故而南面寨墙依着山崖边垒砌，寨墙窄且低矮，其余三面的寨墙宽且高大。现寨墙上部有所坍塌，残高1~3米不等，宽约1.5米。

寨子有两个寨门，分别在寨子的东南角和西南角。东南角的寨门已经损毁，仅余宽约1.5米的豁口。西南角的寨门保存完好，其两侧为红石垒砌，上面用青砖拱券，宽2米，高2米，门洞进深3米。

西面寨墙外约5米处的山坡上，另建有一圈寨墙，与西寨墙合拢成一个类似于"瓮城"的建筑结构。瓮城的西南角有炮楼残垣。另在东寨墙的中部，亦有一个炮楼残垣。

到红石寨的路非常陡峭

西南角寨门

寨中重修的关帝庙

东面寨墙

寨中地势保持着山体的自然状态，南面高北面低。中间位置有重修的关帝庙一间。

寨中没有发现房舍残垣。在村中走访得知，当年村民曾在寨子北面地势较低处挖出一条壕沟，上面盖上树棍茅草等物，以此作为暂避战乱之所。如今北面山坡植物茂盛，浓荫遮蔽，已找寻不到当年壕沟所在。

西南角寨门及其西侧的两层寨墙

路线： 从汝州市区前往陵头镇李窑村或老袋沟村，然后向北上山，均可到达。

陵头·脾山寨

卫星图

位置： 东经112.787989°　北纬34.242899°

建寨时间： 不详

脾山位于汝州市区西北二十里许陵头镇境内，地方俗称"牛脾山"，今多写作"庳（bì）山"，由两条东北—西南走向、延伸约三千米长的山脉组成。因形如牛脾，故而得名。

其中北面一列山脉的东、西两面各有一座山头，西面山顶（当地人称"塔橛山"）是传说刘禹锡之女——青山祖师刘仙姑庙，而环绕东面山头的就是脾山寨。因寨子的南、西、北三面均修有用青石垒砌的双层寨墙，故而当地人称之为"二层寨"。

从东北角航拍脾山寨

寨子北面的双层寨墙

　　两层寨墙依山势而建,内寨墙地势高,外寨墙的地势相对较低,寨墙外侧有宽四五米、深两米多的寨壕。

　　寨子东面山体因临近山顶部分几乎成垂直状,故只有一道寨墙。1949年前后,寨墙的高度还有两三米,后因村民盖房所需,将寨墙上的石块推倒后,顺山势滚至山下拉走,再加上西面因修上山之路而将部分寨墙拆毁,故如今只有北面两圈寨基保存基本完整,其残高1~2米,宽约1.5米。

内层寨墙寨基

外层寨墙寨基

南寨门

东南角寨墙

寨墙外的寨壕

寨子在南面开有一门，现仅余豁口。

脾山寨建于何时，因年代久远已无从考究。解放初期，寨子上只有几间房基。二十世纪七十年代，市区西关人士闫花根据村中老人记忆，依照此寨基建起三间佛爷殿。九十年代，陵头村民高鸿均牵头在寨子南面和北面先后建起了刘禹锡大殿等建筑，从而逐渐形成如今的庙宇群。

寨中庙宇群

路线： 从汝州市区前往陵头镇脾山（庇山），即可到达。

陵头·天心寨

卫星图

位置： 东经112.826363°　北纬34.290384°
建寨时间： 不详

天心寨位于汝州市陵头镇鹿台山顶。

明正德《汝州志·山川》卷二记载：鹿台山"在州北二十五里，台状若蹲鹿，故名"。鹿台山山势陡峭，山表全是红白相间的风化石，但山巅独有一块平坦肥沃的黄土地。这块土地被四周突出的圆形石基包围，基内是土，基外则是石坡。从高空俯瞰，状若心形，故将建在此处的寨子取名曰"天心寨"。

从西南角航拍天心寨

寨墙残垣

寨子西南角狭窄的山脊

　　鹿台山山体多石头，唯独寨子部分为黄土，人们便利用这些特性，以石块作基础，用黄土加以辅助，在山顶周围垒起寨墙，筑成寨子。寨子西、南两面临崖，西南角有一狭窄的山脊通往山下和尚庙村。东北为坡度缓和的山体。

　　据附近村民讲述，当年寨子曾在东南角和西南角各设一个寨门。寨门现已坍塌，因风水问题，寨墙后来也被拆除，寨内只留下低矮的寨墙残垣和建于民国九年（1920年）的三间庙宇"盘龙宫"。庙前立一石碑，上书"创修无极圣母行宫碑记"。

　　山下有藏碑寺，始建于魏，盛于唐，传说唐末农民起义军首领黄巢曾在这里屯兵聚将，整装队伍。

寨内的盘龙宫

　　路线：从汝州市区前往陵头镇鹿台槐村，沿着村北藏碑寺后面崖壁间的上山小路，可到达天心寨。

附：天心寨中原先刻

碑文释录：刘孟博　陈泰贞　郭广杰

创修无极圣母行宫碑记

碑额：流芳百代

窃闻元黄未剖以前，浑浑噩噩，此即无极之秋也。□极生而天地初分，两仪出而日月始照，生生无穷。自有天地以来，皆无极之所生也，无极之德，何其巍哉。然□栖灵之所，而后方能布其德，施其灵焉。人可不为之择地，以建其所哉？时有梁君万乾者，幼而失明，不贪世务，清心寡欲，诚意建庙，以爵无极之德千万一。奈胜地不常，难可猝得，遍访名山，卒未有获。日者，与鲁君玉楼、张君玉堂、宋君金铎同游庵台之巅，闻风审势，察其发脉于嵩麓，成局于汝阳，跃然喜曰：『无极栖居之地，百得之矣。』然其地系孟家庄孟庆文之业，其人客游在外，幸有其叔金鉴，其兄庆义二人公议，将此地施于公修局，创修殿宇，以为行宫。奈庆文多年不归，屡欠国课，同中言明，公修局给钱四拾千文，完纳粮银，始将此地承管，以为圣母营造行宫，艰苦之劳，不必言矣。美其名曰『盘龙宫』，香火之会，每岁不断，凡有求嗣祈祷，多所应验，因列诸贞珉，特不没众善之实云。

公修局首事：

郡庠生邢炎新灿然氏撰文
郡监生刘振富世丰氏书丹

鲁玉楼壹百二十伍千、张玉堂叁拾一千、蔡従义乙千、梁万乾拾千、宋金铎拾伍千伍、邵鑑堂拾四千、毛克增□千、郭长春叁千、唐永瑞拾八千、宋金铭拾五千五、赵□魁拾五千、郭相云拾伍千、鲁成章拾千、毛福荣伍千伍、刘昭伍千、樊步青四千六、宋福巨叁千、马安仁两千、毛福荣两千、陈天祥乙千、李□福乙千、滕□山两千、张□祥乙千、张振怀两千、王金庚十千、张文法六千、毛建镜两千五、滕学贵二千

民国□□□□□□□仲春月上浣谷旦

同立

刘孟博（左）、郭广杰（右）在察看天心寨中盘龙宫前碑刻

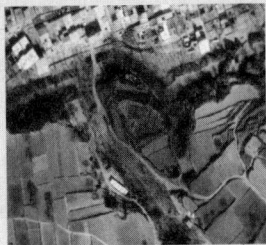

卫星图

陵头·陈窑寨

位置： 东经 112.825845° 北纬 34.310983°

建寨时间： 不详

陈窑寨位于汝州市陵头镇陈窑村南面一座孤立的黄土崖上，寨子中间宽两头尖，大致呈梭形。

寨子所处的土崖高出四周十几米，土崖北面有条河流，河水从东、西两面绕过土崖，在南面交汇。

从西北角航拍陈窑寨

东寨墙残垣

　　西面土崖下，有一条贴着崖壁向上的、人工开出来的小路，小路左侧是高约一米的夯土护墙。顺着小路到土崖半腰，这里挖有一个宽约3米，高约2.5米的洞口，洞口外侧安装一道大门，这就是陈窑寨唯一的寨门。

从土崖上挖出来的进寨小路

进寨小路左侧的夯土护墙

向上倾斜的寨门门洞

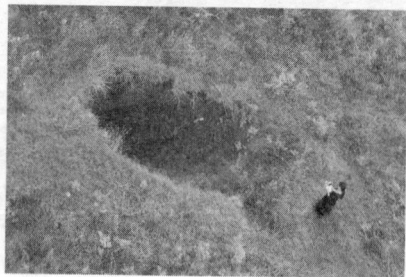

寨门通外寨子里面的出口

土崖下的窑洞

寨子北面炮楼遗址

寨门内侧顺着45度角向上倾斜着，在黄土崖中挖出一条长十来米的通道。沿着通道上行，便可到达陈窑寨内。

寨子四周均夯筑有高约四五米的土寨墙，现虽有坍塌，但整体轮廓清晰，残高在2~3.5米不等。

寨子南、北各有一座两层炮楼，现上部已坍塌，只留有残垣。

寨内地势平坦，从中间分为南高北低两个平台。南面高台上原有五六间房舍，其中三间为关帝庙，另外为守寨人住所。

陈窑寨系陈窑村村民共同建造，村民当时大都在寨外黄土崖壁下凿土窑居住，如遇战乱，则到寨子上避难。

从西面航拍陈窑寨

路线： 从汝州市区前往陵头镇陈窑村西南，即可到达。

陵头·庙湾寨

卫星图

位置： 东经112.822348° 北纬34.309938°
建寨时间： 不详

汝州市陵头镇庙湾村东北，有一座面积很大、高出周边十几米的黄土高台，高台西北角有向外延伸、面积三四亩的平台，庙湾寨就选址建在这里。

从西面航拍庙湾寨

东寨墙残垣

寨门遗址

寨子西、北临河，南面为地势较低的土层，只有东面与黄土高台相连接。

寨子四周寨墙为黄土夯筑，原高3米多，现大多已坍塌，只有东面寨墙保存比较完整。

寨子唯一的寨门开在南面，寨门为倾斜进出的窑洞，现已坍塌。

寨内地势平坦，寨子正中原有一间关爷庙，现已损毁。

寨外西南面有一处地势较低的平台，庙湾村村民原来大多在这里的土崖上凿窑而居，遇到土匪侵袭时，则迅速逃到寨子里暂避匪患。

河流从寨子的北面和西面流过

路线：从汝州市区前往陵头镇庙湾村，向南越过小河即可到达寨子。

陵头·三十亩寨

卫星图

位置：东经112.814527° 北纬34.319103°

建寨时间：不详

　　汝州市陵头镇叶寨村与老袋沟村之间，有一块被自北向南的"寨沟河"冲刷而形成的黄土高台。河水自北向南，从东、西两面绕着黄土高台而过，到南面合二为一，将黄土高台围城一个"孤岛"。

　　这座高台面积很大，地势东高西低，人们平时在高台西面低矮处挖窑洞居住，而将寨子建在高台东北角的最高处。这样如遇土匪侵扰，人们便迅速躲进寨子避难。

从西南角航拍三十亩寨

东寨墙

西寨墙残垣

寨子因面积约为三十亩而得名。

寨子四周的寨墙全部用黄土夯筑，厚约2米、高约5米。现北面寨墙因修路被损毁，其余三面均有残留，其中东面寨墙保存最为完整。

因寨子北、东、南三面临着深沟，只有西面与黄土高台相连接，故只在西面寨墙外挖有一条宽数米的壕沟以作防护。

据当地村民介绍，这条壕沟原宽十多米，深七八米。现因泥土淤积，沟底逐渐上升，但昔日壕沟的轮廓依然清晰可辨。

南寨墙

西寨壕

北寨门旧址

寨子旁边的深沟

　　寨子的西北角、南面和东面均开有寨门。其中西北角寨门为正门，有小路与外界相通，东寨门和南寨门为紧急逃生所用，寨门外约两米处便是深沟，出入均需沿着土崖边小心前行。

三十亩寨（右）和老村（左）

路线： 从汝州市区前往陵头镇叶寨村，即可到达。

卫星图

陵头·天保寨

位置： 东经112.890369° 北纬34.295729°

建寨时间： 不详

天保寨位于汝州市陵头镇马窑村西面的一座黄土崖上，系马窑村村民共同集资而建。寨子东西窄南北宽，大致呈长方形。寨外东、南两面是黄土崖壁，西面和北面是较缓的土坡。

从西南角航拍天保寨

寨门西侧的石门墩

天保寨在马窑村西的黄土高台上

寨门遗址

寨墙残垣

寨墙用黄土夯就，下部宽3~4米，上部宽约2米，高3~6米不等。

天保寨唯一的寨门在西南角，宽约1米。寨门因前面黄土崖壁坍塌而毁，仅余两边墙壁及西侧石门墩。

寨墙四角原建有四座炮楼，其中东北角和西北角的炮楼坍塌较早，东南角炮楼和西南角寨门上方的炮楼在20世纪70年代被拆毁。

寨墙除南面坍塌仅剩寨基外，其余三面保存都较为完整。东面寨墙中部供人们上下的"Y"形斜坡依然完好保留着。

　　寨内地势西南高、东北低。西南角有三间土坯房,为当初修寨时所建。

　　据段子铺村主任段万杰介绍说,当时前面墙壁上曾镶嵌有筑寨记事碑碣一块,可惜在2017年被人挖走而不知所踪。

　　当时参与修寨的人家,在寨子上都建有一间土坯房,供避难时暂住。

东寨墙上供人们上下的"Y"字形斜坡

天保寨上房舍

寨外土崖

建寨时盖的三间土坯房

西寨墙

西寨墙横截面

　　路线:从汝州市区前往陵头镇马窑村,即可到达。

陵头·王湾寨

卫星图

位置： 东经112.871743° 北纬34.280358°
建寨时间： 不详

王湾寨位于汝州市陵头镇王湾村西、临着洗耳河岸的黄土崖上，因传说是宋代杨家将修建，也被称作"杨家寨"。

寨子西、南两面是高耸的黄土崖壁，下面是洗耳河流经的区域。东面和北面与其他高地相连，因此这两面均修有高耸的寨墙。

从西面航拍王湾寨

寨墙残垣

隐藏在窑洞中的寨门

寨墙用黄土夯就，现大部分已坍塌，仅在南、北两面尚余有数段残垣。寨墙外原有深深的壕沟，后因寨子开垦为耕地而被填平。

寨门设计得非常隐蔽，它隐藏在西南角崖壁下的窑洞群中，窑内有竖井与寨内相通，进寨时须沿竖井中的木梯方可进入。

寨子四角原各建有炮楼，现只有东南角的炮楼遗址还在，其余均已不可寻觅。

距寨北几十米的黄土崖壁上有两个硕大的洞口，传说是唐末农民军领袖黄巢在此挖的藏兵洞，当地人叫作"黄巢洞"。

据二十多年前进过洞内的村民讲述：此洞虽在黄土崖壁上有两个洞口，但进去后即合二为一。里面为十来平方米的空间，有高约1.5米的地道向南面延伸。当时他们带着马灯，在里面走了一段后，因氧气渐少，灯光几乎熄灭而不得不退出。后又去时，里面洞壁已坍塌，无法再探究竟。

依此推测，此洞应与王湾寨相连，是否为寨子的紧急逃生通道，还需进一步探讨。

传说中的"黄巢洞"

路线：从汝州市区前往陵头镇王湾民俗村，停车场西侧即是古寨遗址。

陵头·杨沟寨

卫星图

位置： 东经 112.886163° 北纬 34.277982°
建寨时间： 不详

杨沟寨位于汝州市陵头镇段村杨沟自然村西高出地面三十几米的黄土崖上，系当年杨沟村王姓三兄弟率众修建。

从西面航拍杨沟寨

　　寨子西面临崖，下面为洗耳河流经的河滩地。其余三面与山坡相连。寨里的建筑依照黄土层的高低不同而上下错落，大致分为三层。

　　寨子唯一的寨门开在西面第一层土台上。寨门宽1米，高约2米，寨门上方有一间炮楼。

　　寨门外靠北处，是两亩大小的操场空地。寨子里面南侧，东西相向各有三间房舍。其中东面三孔土窑的前额上有一块木匾，上书"三槐堂"，意指王姓三兄弟。

西北角炮楼

　　顺着这三孔窑洞南面的台阶而上，便到了第二层土台。这层土台上，依次有王姓三兄弟建造的窑洞及院落。其中一孔土窑内修有向上的台阶，这是从二层土崖到最高层土台的唯一通道。

　　最高层土台的面积有五六十平方米，为南北宽、东西窄的一个长方形，除西面临崖没有寨墙外，其余三面皆用黄土夯筑起宽3米、高6米左右的黄土寨墙。

　　这个平台的西南角和西北角各修建一座十平方米大小的炮楼，炮楼里皆放置一杆抬枪。其中西南炮楼为地上一层，西北角炮楼下还有一间地下室。西南面的炮楼现已经坍塌，

杨沟寨第二层，王姓三兄弟当年居住的窑洞遗址

东寨墙上后来开的寨门

杨沟寨最高一层

最高一层东寨墙外侧

土崖上的平台几乎坍塌殆尽

西北面炮楼尚留有残垣。

寨中依着东墙建有三间土房，平时作为放哨之人休息场所，紧急时可提供给逃难的人们居住。寨子南面有口天井，天井同二层平台上的饮用水井相连接，可为避难人们提供饮用水源。

为增强防御，他们在东寨墙后面四五米处挖出一条弧形壕沟。壕沟两端连接两侧山崖，深3米，宽10余米，从北到南环绕着寨子。1990年前后，因村民在寨后高地上建造房屋，遂将壕沟填平。

东寨墙上本无寨门，解放后，社会治安逐步趋于稳定，寨子的防御功能逐渐消失。为了出行方便，1958年，人们在东寨门上挖出一个宽1.5米、高2米的门洞。

路线：从汝州市区沿着临登公路前往陵头镇杨沟自然村，即可到达杨沟寨。

陵头·万安寨

卫星图

位置：东经112.879061°　北纬34.278212°

建寨时间：不详

万安寨坐落在汝州市陵头镇段村南面一块被洪水冲刷出来的，距地面高达十几米的圆形黄土高台上，系段村、王湾两村村民为避战乱而共同建造，希望据此保万世平安，故名"万安寨"。寨子因地处段村，也被俗称为"段村寨"。又因清朝末年，王湾村大户王宗老出资重修此寨，也有人将此寨叫作"王家寨"。

从西面航拍段村万安寨

寨子东、西、南三面是垂直的断崖，只有北面与村子连在一起，故而寨子四周虽都修有寨墙，但只有北寨墙高且大，其余三面只用黄土夯筑一道1米多高的土墙。

唯一的寨门开在北寨墙偏西位置上，寨门宽约1米，圆拱券门上方曾有一匾额，上书"万安寨"。而今，此匾额已丢失无法寻觅。

寨内原为东北高、西南低的地势，二十世纪八十年代，段村在寨子的西南角最低处开了砖厂，在寨中挖土烧砖，使得寨子整体地势降低了好几米，西南最低的位置反而成了寨子最高处。如今寨内地势较为平坦，面积有十五六亩。

日本侵略者入侵汝州时，曾将此寨作为驻军司令部，并在寨南隔河相峙的青龙山上筑有据点，修建碉堡和战壕等工事。1990年砖厂烧砖挖土时，曾从寨中废弃的水井中挖出五门小钢炮。

寨中砖窑

寨东面的黄土崖壁

寨西面的黄土崖壁

寨墙残垣

路线：从汝州市区前往陵头镇段村村南，即可到达万安寨。

卫星图

陵头·杨家寨

位置： 东经112.807239°　北纬34.238972°

建寨时间： 不详

　　杨家寨位于汝州市陵头镇东杨寨村北，大致呈方形。传说此寨为最早定居在杨寨村、从山西流浪到此的杨姓三兄弟之一所建，故名"杨家寨"。

　　寨中有一座火神庙，庙的东墙上镶嵌着一块石碑，上写"雍正己酉年（1729年）·汝州城北杨家寨创建火帝尊神庙宇碑记"，据此可以推测，杨家寨的建造时间应该更早一些。

从北面航拍杨家寨

　　寨子所处的位置是高出四周五六米的黄土高台。高台东、西两侧各有一条河流从黄土崖下流过，当地人称之为"东河"和"西河"。这两条河流绕过土崖后，在南面不远处交汇在一起，继续向南流去。

　　人们在这座黄土高台的四周夯筑下宽上窄、高约2米的土寨墙，使其成为一个黄土崖寨。寨子南、北两侧，挖有深六七米、宽七八米的寨壕，然后引河水入内，使寨子成为一个四面环水的"孤岛"。

寨中房舍残垣

　　寨子南面开有一门，寨门为石砌拱门，宽约2.5米，高约3米。寨门外有吊桥与外界相通，解放后吊桥改为木板桥，木板桥损坏后，寨壕被填平。

　　除寨门上方的炮楼外，寨子四面还另外建有四座炮楼。

　　寨子下面的黄土崖壁除寨门两侧是自下而上用青石覆盖外，其余几面均保持着黄土崖层的自然状态。

寨中火神庙

　　寨中地势平坦，寨门里面西侧原有三间火神庙，庙后为三间关帝庙，东侧为两排房舍。这些建筑现大多坍塌，只遗留有几处土坯房舍残垣及新修的火神庙一间。

　　至今，寨子东面河床依然宽阔，西面则被开辟成为乡道。

用石块封起来的崖壁及寨门位置

火神庙前碑碣

　　路线：从汝州市区前往陵头镇东杨寨村，即可到达。

陵头·潘家寨

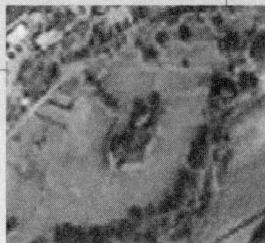

位置： 东经112.797639° 北纬34.292519°

建寨时间： 不详

潘家寨位于汝州市陵头镇潘寨村西的白沙沟中间、一块被荆河河水冲刷而形成的黄土崖上。寨子因村而得名。

从南面航拍潘家寨

潘寨村四周都是地势较高的丘陵坡地，唯有中间的白沙沟地势低洼，河床宽阔的荆河从白沙沟中穿过，流水长年不断，将沟中一块黄土高地冲刷成高七八米的孤立高台。战乱年间，潘寨村民为避匪患，利用此处有利地形，在土崖顶部四周夯筑起高约两米的寨墙，建成一座易守难攻的黄土崖寨。

潘家寨四周的黄土崖壁垂直陡峭，人们在西面土崖上开凿出一条小路供村民上下。沿着这条小路可绕行到南寨墙外，潘家寨唯一的寨门就开在这里，平时有村民轮流值守。

寨中地势平坦，建寨初期，人们在寨中黄土下挖出一些地道一样的地下窑洞，作为紧急情况下的临时避难场所。

而今，随着岁月流逝，潘家寨四周的寨墙也逐渐

崖壁边缘上残存的寨墙

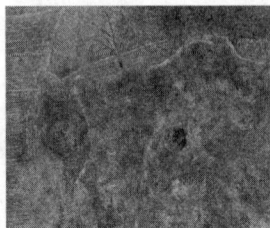

寨中残存的"地下窑洞"

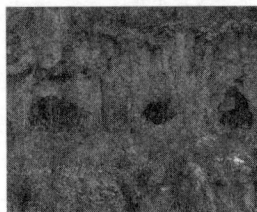

崖壁下的窑洞

寨南面的黄土崖壁

寨东面的黄土崖壁

坍塌，仅剩下时断时续、高约一米的寨基环绕在土崖边缘。寨内的地下窑洞多数也已塌毁，只有少部分还留有遗迹。

潘家寨原来面积较大，二十世纪七十年代修建窑院水库时，将寨子边上的黄土拉走修筑水库大坝，以至于寨子大幅度"缩水"呈如今模样。

路线：从汝州市区前往陵头镇潘寨村，即可到达。

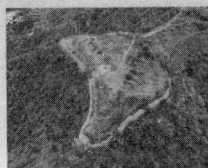

汝州古山寨之

焦村镇

焦村·孙泉沟寨

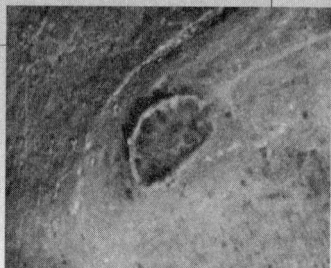

位置： 东经113.036259° 北纬34.188287°

建寨时间： 不详

　　孙泉沟寨位于汝州市焦村镇孙泉沟自然村东边的山坡上，面积约一亩，大致呈椭圆形。

从西南方航拍孙泉沟寨

南寨门

寨中房舍残垣

北寨门

西南面的炮楼

被丢弃在寨北数十米处的石臼

孙泉沟寨所处的位置和其他伫立于悬崖峭壁之上的山寨不同。它虽地处山坡，但只有西面山坡较为陡峭，其余三面坡度非常平缓，尤其是北面，更是极平坦且视野开阔，一眼望去，仿佛伫立平原地带，使山寨几乎无险要可言。

寨墙用青石干码，宽约1米。因寨子周围山势平缓，原来寨墙应该非常高大，但现大多已坍塌，其残高在1~3米之间。

寨子南、北两面分别建有宽不足一米的寨门，现上部已坍塌，仅余豁口。

寨内地势平坦，依着东西寨墙，有石屋十数间相向而建，中间是宽阔的通道。现石屋均已坍塌，仅剩部分残垣。

寨北数十米处有一裂成两半的石臼。

路线1：从汝州市焦村镇孙泉沟村东面上山至山顶，即可看到寨子。

路线2：从汝州市区至大峪镇邢窑村，再沿着安装风力发电设备而开出的山路向南面前行，亦可到达。

焦村·马鞍桥寨

卫星图

位置：东经113.078167° 北纬34.176416°

建寨时间：不详

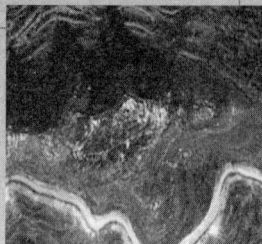

　　汝州市焦村镇魏沟村西面，有一东西走向的狭长山峰，马鞍桥寨就建在这座山峰的最东面。

　　山寨围绕山头而建，南北窄、东西长，大致呈梭形。

从西北方航拍马鞍桥寨

凿在大石头上的石臼

寨中房舍已坍塌成满地碎石

寨子南北两侧是陡峭的崖壁，西面与其他山峰相连，东面则可走到山下低洼地带。宽1.5米左右的寨墙依山就势，有的沿着崖边而建，有的从半山腰垒起，有的直接叠放在巨石上。整座寨子毁坏比较严重，只剩下北面墙基保存得还算完整。

山寨在东、西两面设有寨门。东门伫立于一排大石块之上，走下这排石块，是低缓的山坡，可通往魏沟村；西门外有一低矮细长、如同咽喉般的山体，与西面山脉相连接。这种天然的地理优势，使得寨子如同一座孤立的城堡，伫立于群山之间。

两个寨门上方，以及南、北寨墙中间临崖处，共建有四座两层高的炮楼。现炮楼上部已经坍塌，只残留有底层基座。

寨子里保持着北高南低的自然地貌，中间有高出四周的石头平台。寨子南面地势低缓、山体层次稍宽的平地上，曾建有数十孔石窑洞，如今，窑洞均已坍塌，只留下满坡的碎乱石块。

在残垣断壁之间，村民在大石头上雕凿出来的石臼依旧完好地保存在那里。

东寨门外的大青石上有很多弹孔痕迹，据说是战乱年间土匪攻打寨子时留下的。

寨墙依山势而建

炮楼残垣

路线：从汝州市区沿靳马线前往焦村镇魏沟村村口附近，顺着小路向东北方，沿山脊前行即可到达马鞍桥寨的西寨门。

焦村·擂鼓台寨

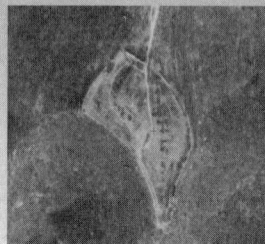

位置： 东经 113.012912°　北纬 34.194614°

建寨时间： 不详

　　擂鼓台寨位于汝州市焦村镇槐树村东，安沟水库东北的擂鼓台山顶南端，俯视呈半月状。

从南面航拍擂鼓台寨

东寨墙残垣

南寨墙残垣

北寨墙残垣

北寨门

从西南面航拍擂鼓台寨

寨子西、南、东三面临着陡坡，只有北部与其他山峰相连。寨子四周建有宽度在1.5~2米的寨墙，寨墙用石块干码而成，垒砌非常整齐。如今，西面和南面临崖而建的寨墙上部多有坍塌，寨基保存比较完整。

东、北两面的寨墙亦有坍塌，寨墙残存部分连同寨基最高处有3~4米。坍塌后的寨墙呈犬牙交错分布，依稀可以看出垛口和瞭望孔。

擂鼓台寨唯一的寨门开在寨子北面的缓坡上，进深2.5米、宽约1.5米。

寨门上方和寨子的东南角，均设有观察瞭望的两层炮楼，炮楼的上半部现已坍塌，只留下底部残垣。

寨中地势较为平缓，中间是山顶高台部分，高台中间夹杂着一层厚厚的石层，人们便利用这一独特的地形，用石层作挡板，巧妙地在东、南两面顺势挖掘出十多孔窑洞，供村民避乱时暂住。

这些窑洞大小、深浅不一，大多保存比较完整。

人们用高台下石层作挡板，在寨子东南两面挖出十多孔窑洞

散落寨中的寨门石

石板下的窑洞

寨子东南角炮楼残垣

窑洞内部

路线：从汝州市区前往安沟水库东面，沿着槐树村南、姜公庙北侧山路上山，可直达寨子。

汝州古山寨之

蟒川镇

蟒川·蒋姑寨

卫星图

位置：东经112.726839°　北纬34.007206°
建寨时间：不详

　　蒋姑寨，当地人俗称"大寨"，位于汝州市蟒川镇蒋姑山最高峰上的蒋姑庙四周，从高空俯瞰，大致呈圆形。

从南面航拍蒋姑寨

南寨门

房舍残垣

寨墙残垣

寨外东、西两面为陡峭的山坡，南、北两面为连绵的山峰。寨墙选用大小不一的红石块干码而成，宽约1.5米。寨墙上部坍塌较严重，但寨基基本上都有保存，其残高在1~3米不等。

寨子南、北两侧均留有寨门。北寨门已坍塌成乱石。南寨门尚有遗存，宽约1米。

寨中地势中间高四周低，地势稍低且较为平坦处，有二十余间石房屋，现屋顶已经坍塌，只留下石墙等残垣断壁。

浓荫掩映蒋姑寨

寨中间为蒋姑山峰顶，原建有蒋姑神庙一座。该建筑为抬梁硬山式建筑，坐西朝东，面阔三间，红石垒砌山墙及檐墙，顶覆青瓦，前有平台。2021年8月，此庙被拆除，重新修建为六间庙宇。

寨中蒋姑庙（拍摄于2019年5月）

寨中新修的庙宇（拍摄于2021年11月）

路线1：从汝州市区前往蟒川镇寺上村方向，快到小龙村岔路口时向西转，然后沿着山中修建风力发电的线路前行，可到达寨子所在山峰下面。

路线2：从蟒川镇罗圈村后沿着上山的小路步行也可到达。

蟒川·老婆寨

卫星图

位置：东经112.694854° 北纬33.944489°
建寨时间：不详

老婆寨位于汝州市蟒川镇与鲁山交界的西将军山山顶，又名阿婆寨。老婆寨南接鲁山县，东临宝丰县。相传楚末汉初，一黄发婆婆率兵十万，筑长城，建城池，屯兵耕作，雄踞于此，因此得名。

从西面航拍老婆寨

位于东将军山上的小寨

老婆寨地势险峻，寨内北高南低，坡度约三十度，有水井和梯田若干。因老婆寨的寨子面积较大，人们便在东将军山上另外建立一个面积较小的寨子。为区别两个山寨，他们习惯性地将位于西将军山的老婆寨称为"大寨"，而将位于东将军山的这个寨子称为"小寨"。

小寨以东将军山半山坡一块平地为中心，南侧延伸到山顶，整体状如一把勺子。寨上有东、西两道门，因年久失修，寨墙多有残缺。

老婆寨四周依着山崖建有宽1.5米左右、高数米的寨墙，寨墙与寨中原有的楚长城遗址连接在一起，共同构成了老婆寨完整的军事防御体系。时至今日，寨墙多有坍塌，只有寨子西门附近（小寨洼北面的刀子岭上）的寨墙保存较为完整。

寨墙及寨垛

寨墙依着山崖而建

寨墙与楚长城城墙连接在一起,共同构成了
老婆寨完整的防御体系

位于刀子岭上的西寨门

寨子共有四门,东门在阿婆寨村东面;西门较小,在小寨洼的刀子岭上;南门在鲁
山县雷音寺景区东北面;北门在汝州市蟒川镇寺上村。四个寨门宽窄约可过一辆牛车,
门上方都有一座两层高的岗楼。

四个寨门前各有一寺,人称"四门四寺",每个寺院均有千年历史。其中,东
门寨沟寺,西门横山寺,南门雷音寺,北门石门禅寺(也叫天子坟寺)。时至今日,只
有石门禅寺(位于汝州市蟒川镇)依然存在,雷音寺(位于鲁山县瓦屋乡)系新修,另
外两寺已毁于战火。

北门外的石门禅寺(天子坟寺)

路线1: 从汝州市蟒川镇寺上村前往,有新修公路可直接到达老婆寨西门附近。

路线2: 从鲁山县瓦屋乡到阿婆寨景区后,坐景区观光车,可到老婆寨顶。

蟒川·瓦岗寨

卫星图

位置：东经112.676060°　北纬33.959762°

建寨时间：不详

　　汝州蟒川镇和鲁山背孜乡交界处的山脉中，有两座连在一起的山头，山的东面为汝州市蟒川镇党庄，山的西面为鲁山县的红石崖村。瓦岗寨就坐落在这两座山头上。寨子呈西北—东南走向，其外形就像两个连在一起的三角形。

从南面航拍瓦岗寨

寨墙依着崖边而建

寨子东面陡峭的山崖

寨子所处的地理位置非常险峻，四周全是垂直陡峭的山崖，只有东南角有一处崖体稍微平缓，瓦岗寨唯一的寨门就开在这里，如想进寨，则须攀缘山崖上凸出的石块方可。

寨门宽不足1米，为防止敌人攻进寨子，人们在寨门外的山脊上，依照山势，另外垒砌出一道"V"形石墙。石墙尖尖处另开一小门，小门对着唯一可上下的、近乎垂直的山脊。

四周寨墙依着悬崖边而建，弯弯曲曲的寨墙将两座山头连接成一个整体。遇到崖边低洼或者塌陷之处，人们就用石块将其垫高后再垒寨墙，以保证其高度与寨中地势基本一致。

寨墙宽1.5米左右，虽有部分坍塌，但整体保存还算完好，残高在1~3米不等。

为安全起见，人们还将寨子北面呈A字形、地势稍微低一点的山崖从下而上全部用石块垒砌起来，使其和山顶高度大致平行，并在上面建了一座瞭望哨。

东南角寨门及前面的防御工事

寨内房舍残垣

从东北角航拍瓦岗寨

　　山上地势起伏不大，中间高，周边稍低，基本上保留着比较原始的山体状态。大部分房舍遗迹都集中在西北面的山顶上，东南面山头可能是因为离寨门较近的缘故，房舍则相对较少。房舍的建筑用料均为就地取材的山中石块。

　　据村中老人讲，寨中原有一山泉，四季不枯。当时躲进寨子中的人们，都是依靠这一点水源赖以活命。可惜如今山泉已找寻不见。

　　路线：从汝州市区到蟒川镇后，往前庄、党庄方向走。过党庄不久，到一山垭口，路右边有一小庙，沿着庙右边小路上山，即可到达寨中。

寨子北面呈A字形的山崖

汝州古山寨之

临汝镇

临汝镇·尖山寨

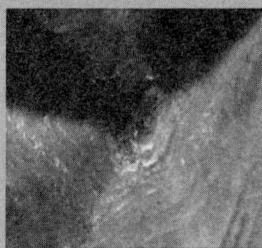

卫星图

位置： 东经112.676789°　北纬34.319253°

建寨时间： 不详

　　尖山寨位于临汝镇小山沟村王牌沟自然村东北的尖山顶上。尖山因山峰高耸状如刀尖而得名，建在最高处的寨子也因此被称为"尖山寨"。

从南面航拍尖山寨

寨子建于何时，因年代久远已无从考究。查阅资料得知：尖山寨最早为附近村民避战乱所建，曾被土匪李庆林所占据，一九四八年农历七月四日夜，解放军独立团包围了此寨，五日拂晓发起总攻，将盘踞在寨中的土匪全部歼灭，尖山寨遂废弃至今。

尖山寨环绕尖山山顶而建，略呈长方形，大致为东北—西南走向。

因寨子东面临崖，其余三面为陡坡。故而东面无寨墙，只在南、北、西面建有寨墙。寨墙用石块干码而成，宽约1.5米，现大多已坍塌，只留下少许残垣。

寨子有南、北两个寨门，现北寨门已损毁，南寨门附近留有凿刻精细的过门石两块。

寨子里面东高西低，四周有数块

从西面航拍尖山寨

寨墙残垣

从北面航拍尖山寨

凿在石头上的小水槽

凿在大石头上的石臼

面积较大的天然石块高低错落平铺在山顶。西面大石头上面凿有一个直径30厘米的石臼；东面石块上凿有一个宽20厘米、长35厘米的小水槽，旁边有一未凿好的水槽痕迹。附近还零星雕刻有太阳、箭头等图案，从痕迹上来看，这些图案应为后人所刻。

寨子里原有很多石头垒砌的房舍，后大都坍塌，仅剩下西面一间依靠两侧天然巨石垒起来的房屋，村民将其改建为"地母娘娘庙"。现因年久失修，也已损毁。

寨中地母娘娘庙遗址

路线：从汝州市区到临汝镇王牌村东北的尖山脚下，沿着采石场旁边的山路攀登至山顶，即可到达尖山寨。

临汝镇·西湾寨

卫星图

位置： 东经 112.625238° 北纬 34.317583°

建寨时间： 不详

西湾寨位于汝州市临汝镇关庙村西的黄土崖上。

清末民初，社会动荡。因关庙村（原名鳌头）山谷接壤，民风剽悍，又系土匪张惯成、郭雪山、刘成义等窝留巢穴，故邻近几个村子皆修有村寨以保护家园。唯西湾村因临抱玉河，便选取村西一块黄土高岗筑成黄土崖寨，作为临时避难场所，当地人俗称为"西湾寨"。

从西南面航拍西湾寨

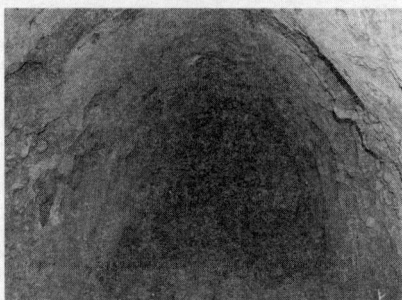

寨下窑洞

从东面航拍西湾寨

寨墙残垣

西湾寨所在的黄土高台由东面暴雨河、西面卫河长期冲刷而形成，地势比周围高出七八米。

寨子四面为垂直的黄土崖壁，只有东北角有一个地势较低的豁口，唯一的寨门就开设在这里。寨门宽约1.5米，为青石垒砌的圆券形拱门。

寨墙用黄土夯就，高度近两米，东寨墙靠北处，有一座炮楼。

寨中地势南高北低，整体形状原为长方形，现四周寨墙和寨门均已坍塌，寨中被垦为耕地，四周黄土也被挖走很多，仅剩下一个不规则的黄土高台。

寨下天窑

路线：从汝州市区前往临汝镇关庙村，即可到达。

汝州古山寨之

杨楼镇

卫星图

杨楼·印山寨

位置：东经112.688291°　北纬34.147302°

建寨时间：不详

　　印山寨位于汝州市杨楼镇南面坡顶上，因寨子所在高岗外形如同一枚四方大印而得名。又因此寨无水源且位于杨楼镇南面，当地人习惯称之为"南干寨"。

从东南角航拍印山寨

从东面航拍印山寨

寨门旧址

山寨所处的山坡虽不算太高，但因地势突兀，高出周围五六米，故仍有地理优势，可居高临下，瞭望四面。

寨子地势为中间低、四周高，早年寨子四周有一米多宽的寨墙，东南角开有宽约1.5米的寨门，如今已毁。

寨子中间原有一座土地庙，四周有房屋数间，在军阀混战时被冯玉祥军队当成匪窝拆除。

寨下土崖

1974年，村民在寨子原有地势上挖掘出一个梯形大坑作为蓄水池塘，并用渡槽将陈沟水库干渠下来的水引流到这里。水塘初时发挥了一些作用，后因北面土层向下塌陷而停止使用。

2013年，有村民在水库北面建造了一座"三盘龙花寺"，后被拆掉。现水库已无水，四角有新修的四间小庙。

路线： 从汝州市区到杨楼镇十字路口，向西行约三百米，折转向南即可到达。

杨楼·华山寨

卫星图

位置： 东经 112.652302° 北纬 34.148157°

建寨时间： 不详

华山寨位于汝州市杨楼镇和尚庙村北一处独立的高岗上。因寨内有创建于明嘉靖时期的西岳庙，而被称为"华山寨"。

从西南角航拍华山寨

寨中地势西高东低。四周寨墙除东面用石块干码外，其余三面均用黄土夯筑而成。寨墙高五六米，下部宽约5米，上面宽约3米，均修有女墙、垛口和射击孔等。

寨外四周挖有壕沟，宽约5米，深约6米。壕沟里面的水系寨北面三千多亩的鳌子岭和南坡头等高地上流淌下来的雨水汇集而成。寨子下面有一层天然坚硬石层，水很少渗入地下，故壕沟水位能一直保持在四五米深度。

寨子有两门，均为青砖垒就的半圆形拱券门。位于东南角的是正门，其宽约2米，为上下层结构，上层是炮楼，里面安放一门土炮，两侧留有直径四十厘米左右的炮眼。

北门宽不足1米，系紧急情况下进出所用。两座寨门前均有石桥通过壕沟与外界相连。

寨墙上每隔一段都堆放着大小不等的很多石块，以备枪弹不够时，充当武器。

每年收麦以后，村民都会对寨墙进行一次维修。当时寨子上原有几十户人家，大都在寨子东南角居住。每逢土匪前来侵扰，附近村民都会躲进寨子，匪走则各自回家。

路线：从汝州市区驱车到杨楼镇和尚庙村，即可到达。

东南角寨门旧址

东寨墙残垣

寨壕遗址

附：华山寨西岳庙内部分碑刻

碑文释录：　许宗合　杨占营　彭忠彦　张礼安

创建西岳宫（神像）并粧塑（神）像记

且天地间，惟神无□□，人之敬神，恫图见像而作善，此神像之立也所自来矣。乃（石台）东有程氏者，其祖父石川种德树仁，而每以善念，率众各捐赀财，聿修西岳行宫三间，粧塑神像十三尊；祖师宝殿三间，妆塑神像三尊。其栋宇像貌，固焕然改观。已至是，又仰承先人之志，自捐己赀，以创塑帅将之神。况少川妇马氏者，（究）所称女中君子也，於创修之后，与众愈快善念，复企帅将。至少石男道林，又用□以捕门内之台，以砌前后之台。於是，庙貌鼎新而神光射目。见者，莫不（议）程氏之德，而起敬神之心也。《语》云：『惟神卷善，惟善动神。』以程门父子姐侄之间，能以一善相绵不替若是，而神默佑于冥冥者宁有替，□则有於万斯年。

汝城为中州之胜□□，□庙奉祀，诚未易屈指枚数也。乃长男少川，次男少石，实士民中之翘楚也，其修三官庙与大观音堂，万斯年而□□□善之誉者矣。□□□□□（鄙）词俚语，□而铭之於碑，以誌不朽云。

时（大明）万历岁肆拾柒年□夏谷旦　立　　直隶汝州儒学生员心鲁　阎孔範（甫）谨撰

住持高净坤　徒张真惠　徒孙刘常林

石匠　王郭民　姚重银

碑阴题名

建庙妆塑并施地功德主：寿官程□室人侯氏　　长孙男程汝益室人□□

李氏　重孙男程鸿骏、程鸿骥

信士王播室人□氏　省祭官李应魁室人蔡氏　吏官杨希颜室人陈氏　信士马状室人郭氏　信士李应聘室人王氏

氏　省祭官任忠　州吏雷进忠　省祭官张从嘉室人尚

生员□泽广　生员李之标室人□□　信士马思□室人□　陈希□室人□　许良□室人□

社首：陈希进　□室人李之标室人□□□氏　于□室人马氏　马□室人王氏

氏　姜□室人□□□氏　姜氏同男李得宁　□进安室人李氏　郑家官室人程氏　薛□室人武

社首：常天增　陈志国室人纪氏　任景府　任景奇　任景茂　任廷章　任景圣　范向春　王守阳　张明　任大庆　马尚义

□□化　李三聘　张进□　姜邦化

社首程大好，□渚、王定基、王守印四人同置地八亩半随庙□。

塑匠：牛庭登　张守义

画匠：许心传

创修药王庙碑记

（石碑上部残且侵泐严重，碑铭为抄录者新加）

……自十代济世活人，华山寨有药王神像而勿有官殿，神□□□
……往往愈其疾患，四方往来，勿不议华山寨宜修壹药王神
……建修。今有袁登云等，慨然建修，募四方资财，於雍正六年八月
塑绘神像。我药王圣神，使四□患毒不生。非神之默佑耶，使
应耶，诸病皆除，普受恩泽，可得述铭於碑，志不朽云尔。

化主：袁登云　　付世恭　　施檩二根　　王汉　　王湇
功德主：□庐士贤书钱三百

刘申公钱一百　　武申高钱五十

刘和字钱一百　　李弘如钱一百　　宋□钱一百　　武申□钱一百

程□□钱一百　　张□钱一百　　王□钱一百　　王玉钱一百

王进才钱一百　　郑文魁钱一百　　程清瑞钱一百　　王金钱一百

李三贵钱一百　　朱起龙钱一百　　武申明钱一百　　程重瑞钱一百

陈进文钱一百　　王浩钱一百　　李□勳钱一百　　武申重钱一百

程宗顺钱一百　　牛得海钱一百　　朱弘明钱一百　　李显孔钱一百

陈建勳钱一百　　张□钱一百　　王加祥钱一百　　程文祥钱一百

姚俊钱一百　　丁江琪钱一百　　张自修钱一百　　王加贞钱一百

刘起伦钱一百　　鲁光显钱一百　　刘文昌钱一百　　姚司盛钱一百

王汉钱二百　　王湇钱二百　　□继瑞钱二百　　梁秀章钱一百

王□钱二百　　付世荣钱二百　　□□钱二百

□□□□钱一百　　□□钱一百　　王□钱二百　　王潭钱二百

石匠：闪济忠　　……十五日　立

张礼安（左）、张松叶（右）在拓印碑刻

重修祖师殿碑记
（石碑上部左角及下部残）

汝州□□□□□□（㰎）子硕氏撰书

盛衰者，造化之迹也。补救者，人事之力也。以人力补造化，起废举坠，于□□□□□□□□□□□□□□□□□□□□□□□地之祖师庙，其始穷工极丽，非不甚盛，迫年深日久，剥落殆尽，栋宇倾圮□□□□□□□□□□□□□□□□□□□□□□□善士王君讳禹，张君讳殿林，王君讳廷瑞，王君讳辂，四君子者，□□□□□□□□□□□□□□□□□□□□□□□□□与协力同心，共襄厥事。或捐己赀，或募善缘，迫物料丰余，然后（遴）□匠□□□□□□□□竹苞松茂，聿昭孔固之象；美轮美奂，顿改湫隘之容。□□□□□□□□张殿林三千□百　王禹二千九百　王辂二千九百　王廷瑞二千六百……而殿宇于是乎告成。人力有为而造化无权。予不敏，爰举其颠末，而为之记……

监生段霖□千　王存□千　王存仁一两　姜□一两

程尊律□千　王存□千　王存仁一两　姜□一

施财姓名

五百	夏太成五百	王天位五百	王君瑞五百					
史定桂□	柴□元	张□□	李登魁　杨	仁程　显	程应魁	付双		
全□□□号	西□会							
程应叙	程子英	□朝翰	王羲瑞	程子占　曹	钧汇卉堂	以上各钱二百		
王天福	靳法元	史□良	许□珍	程应科　程子春	靳学忠	正		
兴号				王　贤				
义□□号								
隆兴号	杨□□　钦	王化瑞	朱正可					
李□□	杨□　程□德　程□	宋□□□瑞	□天					
宋进才	程□□　王自言　王自□	赵　恩赵汝璧	赵先□					
程天□	焦□□　何□□　王□兴							
朱宋礼二钱□	史□□□瑞							
石匠张元生钱二百文　　木匠宋□□								
史□□□　　王□□　　彭□□								
程□□　　王□□								

妆塑神像祖师众神金身碑记
（石碑上部左角及下部残）

汝州乃天中礼义之地也，人□丰厚庙乃汝州之胜地也，地肥民富，老幼乐岁之乡也。自建庙以来□□□□武当□□庙一所，灵应不爽，于□□□神像毁坏，人于何依，于何祷□□□□处□人张君讳宗禹，目覩伤心□□夜匪宁，屡发善念，敬成其事□□（所拜）迫大殿工告成之日，欢然喜曰：『非斯人之善，一党功德主□□□□□□□□□迹，念后□□迹，宜□

戴门□□……
住持□□……
塑匠□□……
石匠□□……
□河南府□□……
□□康熙三十三年岁次甲戌仲秋吉旦□立

华山寨中西岳庙

汝州古山寨之

夏店镇

夏店·荆阳寨

卫星图

位置：东经112.762899°　北纬34.265649°
建寨时间：不详

　　荆阳寨位于汝州市夏店镇毛寨村，因处于荆河之东，故名"荆阳寨"，当地人俗称"寨顶"。据传说此寨始建于明朝时期，迄今已有五百多年。

从西面航拍荆阳寨

寨子所处位置为一处天然黄土崖。东、西两面分别有沙河和荆河经过。北面有一道5米深、4米宽的深沟，南面则是一道高高的寨坡。

寨子四周均建有土寨墙，寨墙高约3米，宽约2米，上有女墙、垛口和瞭望孔。

寨子有南、北两道寨门，寨门宽约2米。其中，南寨门外是一道陡坡，北寨门外则以吊桥连接壕沟两侧。

寨子里共建有三座两层炮楼。其中，南、北两座建在寨门上方，全部用石块垒砌而成，上层面积有两三间房子大小，外墙上留有枪眼和瞭望孔。另外一座炮楼在东寨墙中部，是用黄土夯筑而成。

寨上保留的古建房屋甚多，其中一小部分是常住户的宅院，多数是临时性的避难场所。

南寨门遗址

从北面航拍荆阳寨

北寨门旧址

寨子西面的荆河河道

　　据出生在毛寨的徐鸿武介绍说：当时寨上各家各户屋内均有地道入口，特别是寨主毛克功家另有秘密通道，可通向村外。他小时曾和小伙伴无意中进入地洞察看过。地道宽约2米，高约1.5米，有主、干线数条，内部设有换气孔、陷阱、活动翻板、水井储粮室等。可惜的是，这些地洞如今大都已经坍塌。

　　寨中南面原有关帝庙三间，后被扒毁。和关帝庙相邻的中王庙，也在乡里建卫生院时被拆除。

寨中房舍

俯瞰荆阳寨

寨中土坯房

高耸的土崖

　　路线： 从汝州市区前往夏店镇毛寨村，即可到达。

夏店·杨窑寨

卫星图

位置： 东经 112.730761°　北纬 34.312365°

建寨时间： 不详

杨窑寨位于汝州市夏店镇杨窑村东南角禹王山半坡上。

从北面航拍杨窑寨

寨子北面的荆河

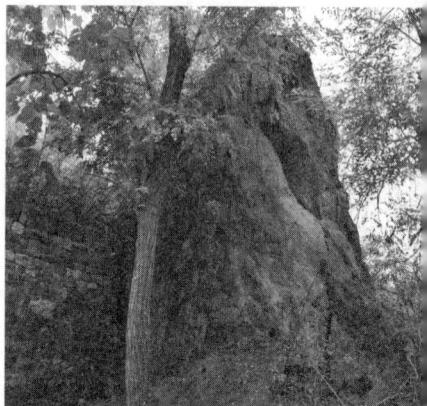

西寨墙残垣

　　寨子初建时间已无从考究，从寨门匾额上书写的字迹中得知：寨子曾经在民国十七年（1928年）重修过。1962年，北寨门上部拱券雨后坍塌，村里又用土坯将其修复。

　　杨窑寨北临荆河，东、西两面是高约30米的土崖，南面连接山体处，用青石垒砌出高约3米的寨墙作为防护。

　　寨有两门。位于正南面的小寨门是寨子的紧急逃生通道，南寨门外，有小路可直通山顶。

　　正门在寨子北面，为二层土木结构建筑。一层为圆券形拱门，宽约2.2米，高约2.5米，是村民进出的主要通道。二层炮楼正面有瞭望孔两个，背面墙上有一个瞭望口和一扇小门，可搭梯子通过此小门上下。

南寨墙残垣

寨子通往后山的小路

北寨门正面

北寨门内侧

北寨门西面带有射击孔的土坯房

北寨门前为荆河，河上有木桥与外界相连。

北寨门西侧有三间土坯房，朝外有一排数个射击孔，应为值更人居所。

寨中有房舍院落十余处。房舍均石砌院墙，后院临土崖处凿有土窑，土窑上方十余米处开凿有天窑，平时可储藏贵重物品，乱时可躲避兵患。

北寨门外，有石臼及老井一口。

路线： 从汝州市区前往夏店镇杨窑村，即可到达。

寨内的房舍

夏店·玉阳寨

卫星图

位置： 东经112.773703° 北纬34.282264°

建寨时间： 不详

　　玉阳寨位于夏店镇扈寨村东北一处被河流长期冲刷而形成的天然黄土崖上。据寨中关帝庙前"玉阳寨重修关帝庙碑志"记载，此庙始建于清康熙二十六年（1687年）。玉阳寨建于何时，则因年代久远已无从考究。

从西南角航拍玉阳寨

两条河流自北向南，从寨子东、西两边环绕而过，到寨子南面合二为一。

寨东面的梨沟河

从西面航拍玉阳寨

玉阳寨位于高耸的黄土崖上

寨墙残垣

房舍残垣

寨子北宽南窄，略呈狭长的三角形。其北面同山地相连接，东面是梨沟河，西面为小桐沟河，两条河流自北向南，从寨子东、西两边环绕而过，到寨子南面合二为一，将寨子环绕成一个三面临水的"半岛"。

戏楼遗址

寨中古树

寨中2012年新修的关帝庙

寨子所在的黄土崖高出两侧河床十余米，寨子四周有用黄土夯筑起的、高约两米的上寨墙，北寨墙外面，为深三四米、宽六七米的壕沟。

唯一的寨门开在东面中间位置，寨门为两层，下面是宽约2.5米的圆券形拱门，上部为炮楼。

寨门内右侧（北面）原建有关帝庙三楹，庙对面20多米处有戏楼一座。后因黄土崖垮塌累及关帝庙、戏楼倾毁，2012年夏，村民毛凤臣率众在原址西十多米处重建关帝庙三间，戏楼则仅剩残垣。

寨中地势平坦，原有土坯房舍十余处，每处房舍下，均有地道相连，出口在北寨墙外。房舍现大多塌圮成残垣。

寨中另有老井三口，古树数棵。

寨中老井台

路线：从汝州市区行至夏店镇扈寨村，即可到达。

汝州古山寨之

米庙镇

米庙·麻城寨

卫星图

位置： 东经112.937082°　北纬34.193807°

建寨时间： 不详

在汝州市米庙镇潘庄村与靳家沟、黑家沟之间的河谷地带中，有一条被靳家沟人叫作"东河"、潘庄人叫作"西河"的河流，河流中有一块被河水冲刷而形成的、高出四周六七米的黄土崖。

从东北方航拍麻城寨

南寨门遗址

寨子建在高耸的黄土崖上

黄土崖下的天窑

寨中小庙

动乱年代，为防止匪患，潘庄和靳家沟、黑家沟的村民在高耸的崖壁四周用夯土筑起一道高约2.5米、厚2米的土墙，建成了一座土寨。因寨子位于麻城遗址附近，人们就将此寨称作"麻城寨"。

黄土崖下的那条河谷，当地人叫作"麻城沟"。河水自北向南流淌，到麻城寨时，一分为二，从寨子两侧环绕而过，绕过去后又合二为一，将寨子围成一个孤岛，河流成为寨子的天然屏障。

寨子有南、北两个寨门。北寨门狭窄且地势高、坡度陡，从下至上全部用青石板垒砌了宽约两米的台阶路，故此门仅可供行人出入；南寨门是整座寨子的主要出入通道。寨门高两层，上面是炮楼，底层可容马车通过。

寨墙残垣

寨墙残垣

寨旁土崖下的窑洞

麻城寨内地势平坦，面积约十六亩。寨子中间靠南有一座关爷庙，西面还有一座井王庙。

当时，村民在寨子上建有一些土胚房屋，供紧急避难所用。解放后，随着社会的稳定，寨子慢慢荒废，空下来的房舍于1958年被拆除后当作肥料，施在田地里。如今，寨子上已看不到房舍遗迹，只有寨墙残垣伫立在黄土崖边。

黄土崖下面还挖有很多窑洞，有的窑洞里面挖有垂直的天窑，搭上梯子，可以直接上到寨子上面，这些窑洞一方面可以住人，另一方面也是寨子的紧急逃生通道。

麻城寨北面的擂鼓台

路线： 从汝州市区前往米庙潘庄或靳家沟、黑家沟，均可到达。

米庙·武窑寨

位置： 东经112.997164°　北纬34.172377°

建寨时间： 不详

　　武窑寨位于汝州市米庙镇武窑村西的黄土高台上，东西宽约150米，南北宽约50米，为村中武姓族人修建的黄土崖寨。

从南面航拍武窑寨

北寨门

南寨门

南寨门里面的瓮城

北寨墙

武窑寨南临黄涧河，西、北依着黄土坡，东面有一天然深沟，地势十分险要。在选址设计上，充分利用了寨南黄涧河及寨北深壑纵横的地理优势，将四周寨墙用黄土夯筑在黄土崖边。

寨墙内侧高约3米，底部宽约4米，顶宽两米多。寨墙四角均建有炮楼，现大都坍塌，只东南角留有残垣。

武窑寨有南、北两个寨门。南寨门位于南寨墙偏西处，寨门外高台下即是黄涧河。黄涧河水自西向东，从武窑寨南寨墙下流过。河边有一小路，为当时通往焦村、刘庄的主要通道。

进入南寨门，有一低于周围地势的瓮城，瓮城北面土崖下凿有五间窑洞，窑洞上方挖有天窑，里面放置土枪、土炮，枪口炮口正对着南寨门。2001年左右，天窑坍塌，上面曾掉下来一个锈迹斑斑的炮筒。

北寨门位于北寨墙中部，寨门外是地势较高的土坡，为了安全，人们在西寨墙和北寨墙下各挖出一道宽约五米、深约四米的壕沟作为防御工事。1960年安沟水库建成以后，将这条壕沟改修为水渠，引水库之水灌溉附近田地。

北寨门外石桥

寨墙上的炮楼残垣

北寨门保存较好,外面石桥系后来重修。

寨中还有一条贯通东西的地道,地道有三个出口,一个在寨东面的古井中,一个在瓮城北面的天窑里,还有一个在南寨墙外偏东的土窑内。

当时,武窑村村民大都在东面村中居住,但在寨子上也各有土坯房,如遇战乱,他们晚上就躲进寨子避难,白天则各自回家。

北寨墙下的壕沟

南寨墙

寨中房舍

寨墙下被黄土掩埋的窑洞

武氏宗谱序

余祖周裔也，盖闻平王少子生而有文在手，曰「武」，因以命名，后之子孙即以武为氏焉。厥后世代屡更次序，居处均不可考，独至大明神宗年间，有讳雷、讳得、讳川、讳治、讳须，乃余以上十世祖也。自洪洞来迁，始居兹村，但初无宗谱可考，雷祖数人未知孰为本祖，所以出自此以下进学，则余之九世祖也。进学生尚智，尚智生子三，长化龙，次化蛟，次化麟。当闻寇扰乱之秋，三人尽罹于兵，迨国朝御宇，归家者惟化麟一人而已。化麟生子四，长光代，次光荣，次光华，次光彩字郁之，乃余太高祖也。余于分派自此始矣。谨将四门之后列明于左，以昭来兹，后世子孙有能念宗绪之重，或再勒石以志之，或订谱以叙之，使本族世次永传不紊，是则余之厚望也夫。

四门六世孙嵩屏序

大清嘉庆十五年岁次庚午律一仲夹吕中浣吉旦

二门元孙监生详元书

路线： 从汝州市区前往米庙镇武窑村，即可到达。

从北面航拍武窑寨

汝州古山寨之

庙下镇

庙下·神佑寨

卫星图

位置： 东经 112.683805°　北纬 34.288915°

建寨时间： 不详

　　神佑寨位于汝州市庙下镇神沟村东北一座天然形成的黄土崖上。取名神佑寨，盖因神沟村多庙宇，希望诸神庇佑其平安之意。

神佑寨全貌

北寨壕旧址

房舍残垣

神佑寨背依玉羊山，除北面与山坡相连外，其余几面都是七八米高的垂直黄土崖壁。围绕着四周崖边，夯筑有宽约1.5米、高2米多的土寨墙，北寨墙外挖有一条宽4米、深3米的壕沟。

寨子开有二门。一门在寨子西南角，门楣上镶嵌一块匾额，上书"神佑寨"，为寨子的主要进出通道；北门为紧急逃生通道，寨门不大，门外3米处即是壕沟，上面有木板吊桥与北面山地相连。

寨墙残垣

寨门旧址

寨中石臼

寨外窑洞地下室

　　沿着寨墙分布有五个炮楼，可以瞭望监测神佑寨各个方向。寨内面积15亩左右，西北部有一处四合院，有上房五间，东西厢房各3间，为寨首（保长）居住处，也是村民开会议事之地。现院舍坍塌，仅剩残垣。

　　战乱年间，人们平时在寨外的黄土崖下凿洞而居，遇到匪患，即逃到寨子上，关闭寨门临时避难。

路线： 从汝州市区前往庙下镇神沟村，即可到达。

寨内地势平坦

附：神沟村部分碑刻

碑文释录：杨占营 彭忠彦 高万须

创修众圣祠碑记序

尝闻：山不在高，有仙则名；水不在深，有龙则灵；庙不在大，有神则警。本庄东头旧有庙迹，至灵至圣，苦无庙宇妥佑神灵。善士张智目睹心伤，忾然动念，欲建神宫。谋诸甄大章、李守义，三人同心募化，甄、张二庄各捐资财，积蓄数年，钱至十千，恭请名师建庙庄西。鸠工告成，神有所栖，庙貌威然，人喜神喜。然非善士张智，曷克有此功德，非神之灵应，曷克有此庙迹乎！敬镌诸石，以志不朽云。

连珠逸士马荣撰

计开施主姓名列后：

功德主：张智

化　主：甄大章　李守义　张勇　张□　张立忠

甄大儒捞青石二车　甄大用捞青石二车

甄朝捞青石一车　甄大仁捞青石二车

刘文广捞青石二车

张进禄　梁家有　甄大书　刘彦忠

铁笔匠：王致明、王思恭

大清国乾隆辛五年辛五月壬申日吉旦上笔

说明：此记序非为常见之碑刻，实为清乾隆庙时期民间所造一座小石庙之前墙，青石质，宽1.2米，高1.1米。墙上开有门洞，门洞两侧不惟有此记序，且有楹联，其左联为"庙貌隆千古"，右联为"威灵震八方"，额题"敬神如在"。

今被庙下镇神沟村委张庄自然村村民保存于一间小土屋中，地上同时遗有小石庙其他墙体青石构建两块。

火帝庙碑记

昔先王以神道设教，其于五方之神皆崇祀事，况火帝真君，尤所当崇敬者也。位居离宫，威镇中央，天下赖以安全，人资其生养，是功德之昭彰，感动亘古有常矣。故内而京都，外而省府，以及州邑乡里，靡不建庙崇祀。

汝右刘张沟善士霍天贵、陈玉祥、耿有三君子，思火帝之捍患御灾，锡社降康，妥神之庙，前人尚钦焉而未建，□□会一乡善士，积官钱数年，勠力同心，卜择吉地，积不数月而神像辉煌，功告竣焉。因勒石以志，且以为后之为善者劝。

汝郡后学郭文明象南甫撰文并书丹

吴钦花施舍官地一分，南有官路。

积官钱善士：霍天才、吴敬、陈玉林、霍天贵、耿有、吴钦、姬清惠、马文全、陈玉祥、姬清武

□进玉施钱五百文、□福臣三百文、□天二百文、张顺一佰文

大清嘉庆七年岁次壬戌乙巳月吉旦立

彭忠彦在察看火帝庙碑刻

汝州古山寨之

小屯镇

小屯·三山寨

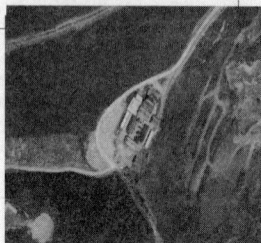

卫星图

位置：东经112.890916° 北纬34.061450°

建寨时间：不详

　　汝州市东南三十里许的小屯镇史庄村，东、北、西三面等距离坐落着三座山峰，三座山上均有庙宇。其中，东峰为太清宫，西峰为神清宫，北峰（中峰）为慈清宫。三山寨因位居三山之东峰上而得名。

从东面航拍三山寨

从东北方远眺三山寨

寨北面残存的寨基

曾被当作碑座的石臼

　　寨子围绕东峰峰顶而建，大致呈椭圆形。寨东面为陡坡，其余三面坡度较缓。

　　寨子四周原有厚约两米、高约三米的石砌寨墙，寨墙上部均修有女墙和寨垛。解放初期保存还较为完整，后因寨中新建庙宇大殿等，寨墙逐渐被毁，现只有北面寨基尚有残存。

寨中古碑座

西峰上的石墙

寨南原有宽约两米的寨门，现已坍塌，后人在原寨墙的基础上新修了院墙及大门，建成了如今的庙宇群。

寨中还保存有古碑座及明嘉靖时期的功德碑一座，虽因风化有些字已显漫漶，但上面的字迹大部分依旧清晰可辨。

另外，寨中还保存有一个曾被当作碑座的古石臼，以及古井一口，井水四季不涸。古井西南方原有古柏几棵，"文革"前后被砍伐。

三山寨之西峰峰顶，现在亦有大片石墙，初看颇似古寨遗迹，实为近年佛教信徒垒砌而成。

寨中保存的明嘉靖年间的功德碑

路线：从汝州市驱车区前往小屯镇史庄村，从村东大路上山至东峰，即可到达。

寨中古井

西峰上今人垒砌的石墙

汝州古山寨之

骑岭乡

骑岭·刘沟寨

卫星图

位置： 东经112.884275°　北纬34.216753°

建寨时间： 不详

刘沟寨位于汝州市骑岭乡刘沟村西南，随缘阁实业有限公司院内。

从南面航拍刘沟寨

寨墙残垣

寨西侧河道

夯土层明显的寨墙

　　汝州市东北十公里的风穴山口西南不远处，来自风穴寺后山、龙山、黄虎山诸壑间的洪水，将这里的地带冲刷出道道深沟，以及中间不规则的黄土高地。刘沟寨就建在这块南北狭长的黄土高台上。

　　村中90多岁的老人禹顺兴介绍说，此寨建于清末，最早由尚庄几户富裕的村民出资修建。

　　寨子大致呈东北—西南走向，面积十四亩左右。

　　寨子所处的黄土高台比周围高出十余米，周围高耸如削的土崖，形成一圈天然屏障。寨子东、西、南三面环水，只有西北方有一道缓坡可供上下，唯一的寨门就建在这里。

寨门不大，宽约1.5米。寨门楼为上下两层结构，下面供村民出入，上有寨楼一间，平时由村民轮流在此值更瞭望。

黄土夯筑的寨墙沿着四周土崖边缘而建，宽约2米。从残存的寨墙可以看出，其夯土层明显，每层厚约十厘米。

当年的刘沟寨上不但建有土房，还挖有一些天窑。这些天窑有的直通下面沟底，有的开在崖壁中间，平时可藏匿贵重物品，乱时可做逃生通道。

刘沟寨一直保存到1943年春，中美两国为共同抗击日本军国主义，在风穴寺设立"中美第三特种技术训练班"。为保证训练班的安全，将与风穴寺相邻、地势险要又有土炮的刘沟寨拆掉了。

寨中三月桃花开

寨门旧址

春日刘沟寨

路线：从汝州市区向风穴寺方向，到随缘阁实业有限公司即到。

汝州古山寨之

王寨乡

王寨·宝泉寨

卫星图

位置： 东经112.736562° 北纬34.086016°

建寨时间： 不详

　　宝泉寨位于汝州市王寨乡寺湾村东北角一座不算高的山丘上。山丘由西向东，到严子河前戛然而止，其形状如同伸入河中饮水的神龟，当地人形象地将此山称作"龟驮山"。

从南面航拍宝泉寨

土崖上通往寨子的石板小路

北寨壕

山上有古寺，名曰"宝泉寺"，盖因此地河道曲折弯转，清泉流响之缘故。据清道光《直隶汝州全志》记载："宝泉寺，在城西南二十五里严子河侧，有泉故名。金贞祐乙亥年建，自明嘉靖至今，叠经重修。"围建在古寺四周的用黄土夯筑起来的寨子也因此得名"宝泉寨"。

寨子所处的山头虽不高，但相对于比较平缓的四周地势来说，却也算是"易守难攻"的理想建寨之地。

寨子东、南两面临着高达一二十米的土崖，严子河自东向南，从崖下蜿蜒而过，使得寨子在高耸的土崖以及坚实的土寨墙之外，又多了一道天然的屏障。

因寨子北面和西面与其他丘陵坡地相连接。故而人们在寨墙外挖出一条宽约六米、深约五米的壕沟，来增强寨子的防御能力。

由于历史久远，缺乏相关史料，究竟是先有梵刹还是先有古寨，现已无法考究。走访村中八九十岁的老人们得知：他们小的时候，山丘四周尚有石基及寨墙残垣。测量这些遗迹后得知，宝泉寨为长方形，东西长约192米，南北宽约84米。四周寨墙厚约3米，高约5米。

寨子在西南角和东南角开有两个用青石垒砌的拱券式寨门。其中，西南角的寨门为寨子的正门，宽约2.5米；东南角的寨门稍窄，是寨子的角门。

寨中宝泉寺

察看寨中古碑

　　宝泉寨为附近村民联合修建，当时寨中宝泉寺有大殿、配殿、客堂等约22间房舍，它们平时承受人们的香火，遇到土匪来袭，就成了人们躲避战乱的临时性场所。

　　整座寨子被高耸厚实的寨墙包围着，如需进入，则首先要通过寨子南面土崖下严子河上的吊桥，然后再沿着土崖上宽约二尺的青石板小路向上攀登，方可到达寨门。如今两座寨门已坍塌殆尽，只有土崖上那条蜿蜒石板小路依旧存在。

　　寨中原有古塔、古碑、千斤古钟、僧人坟茔，以及几株古柏等，可惜的是，这些都随着岁月的流逝或人为破坏而荡然无存，仅剩下三通古碑依旧保存在寨内。

　　民国时期，有地方开明人士利用寺中配殿兴办教育。1949年后，宝泉寨又先后成为宝泉寺小学、宝泉寺中学所在地。

　　路线： 从汝州市区驱车前往王寨乡寺湾村，宝泉寨就在村子的东北角。

严子河自东向南，从宝泉寨下蜿蜒流过

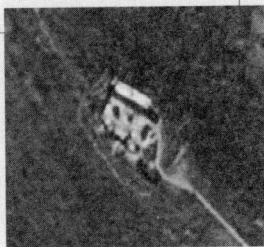

卫星图

王寨·阳郡山寨

位置：东经112.780985° 北纬34.096037°

建寨时间：不详

阳郡山寨因建在汝州市王寨乡胡庄村西南的阳郡山顶而得名。

阳郡山在史书上名称写法不一，有"羊圈山"、"羊君山"等称谓，地方百姓俗呼"羊家山"。依据阳郡山寨中祖师庙保存的、明万历三十三年（1605年）的碑碣记载，此山应为"阳郡山"。

阳郡山呈西北-东南走向，东北和西南两侧坡度比较陡峭，西北和东南则为平缓的山脊。山势虽不高耸，但因四周皆为平缓地带，故而地势相对来说也算险要。

从西北角航拍阳郡山寨

从西南角航拍阳郡山寨

寨门样式

有关阳郡山寨的建造时间，因年代久远缺乏史料而无法考究。

走访胡庄村九十多岁的胡庆林、胡西山两位老人后得知：阳郡山寨围绕阳郡山山顶而建。寨子有两门，正门在寨子北面，朝向胡庄方向；另一门在寨子西面。两座寨门为上下两层结构，均用青砖垒砌。下面为宽约2.5米、高约3米的拱券型门洞，上部为炮楼。寨门为两扇厚度约10厘米的木板门，上面用铁皮包裹、铁钉固定。

寨子四周，还建有四座用青石砌成的炮楼，连接炮楼和寨门之间的寨墙，全部用黄土夯筑，宽约2米，高约6米，上面有女墙、寨垛、瞭望孔等。

寨子中间地势最高处，还有一座用黄土夯筑的两层炮楼。

阳郡山寨在解放初期保存较好，至1966年前后被毁。如今的阳郡山寨，仅在西北方遗存有半圈高约一米左右的寨墙残垣。

寨中另有新修的祖师庙数间，庙里保存有明万历三十三年创建阳郡山石庙的残碑两块。

寨中祖师庙

寨中残存的古碑座

路线： 从汝州市区前往王寨乡胡庄，向南上山即可到达寨子。

附 录

汝州地区古代寨堡修建历史背景相关文献辑录

刘孟博

汝州市位于河南省中部，因北汝河贯穿全境，故而得名。明正德所修《汝州志·形胜》卷一曰："汝州，面环汝水，背负嵩山，左控襄许之饶，右联伊洛之秀，霜露以时，风气得正，乃中州名郡也。"

汝州作为战略要地，历史上每逢王朝更迭、江山易主之时，饱受兵火战乱的摧残。应运而生的寨堡，便是历史上地方百姓为躲避战乱或匪患，保卫生命财产而修建的一种集体性防御工事，其形式可上溯到两汉魏晋时期的坞堡。

坞堡又叫坞壁、壁垒或堡壁等，民间修建坞堡的起源可能很早，但见于文字记载的却是西汉王莽天凤年间。当时北方大饥，社会动荡不安，富豪之家为求自保，纷纷模仿汉武帝时期在外长城沿线建立的塞外列城，构筑坞堡营壁，用高墙围住自己的庄园，武装佃户、部曲、客民，防备他人掳掠。三国、两晋、十六国时期，是我国坞堡的快速发展期和鼎盛期，史家陈寅恪在《桃花源记旁证》一文中认为："西晋末年戎狄盗贼并起，当时中原避难之人民……其不能远离本土迁至他乡者，则大抵纠合宗族乡党，屯聚堡坞，据险自守，以避戎狄寇盗之难。"

汝州地区民间的坞堡修建最早兴起于哪个朝代，已经无法考证，但是，史料文献中记载的汝州最早的坞堡，则出现在北魏时期。北齐人魏收所撰《魏书》之中，提到了曾作为汝北郡郡治的梁崔坞、杨志坞。《魏书·志第六·地形二》卷一百六曰："汝北郡孝昌三年置。治阳仁城。天平二年罢，武定元年复。移治梁崔坞。五年陷，阙年复。治杨志坞。"而《晋书·刘聪传》卷一〇二记载："遣粲及其征东王弥、龙骧刘曜等率众四万，长驱入洛川，遂出轘辕，周旋梁、陈、汝、颍之间，陷垒壁百余。"这说明，魏晋时期作为豪强大族躲避战乱、御敌自救的坞堡、垒壁，当时已经在汝州地区广泛存在。

根据史料记载，汝州地区民间大规模的寨堡修建，最迟出现于金代，此后每逢兵荒马乱之时，便有大批民众依村筑寨或凭山结寨以自保，并且逐渐由依靠天然洞崖避乱，发展到大规模人工修筑寨堡自卫。从汝州现存的古寨及部分文献史料分析，金、元、明、清、民国时期，汝州都曾出现过修筑寨堡的高潮，大致可分为金末元初、明末清初、清嘉庆年间、清咸丰同治年间、清末民初等五个大的时期。

一、金末元初蒙金汝州之争

金代后期，随着蒙金战争的进一步升级，地处中原腹地的汝州，在短暂的安定之后，再次陷入战乱。

金哀宗天兴二年六月，汝州因蒙军的不断侵扰，州里萧条，农事尽废，城中粮草殆尽。根据史料记载，在蒙金中原交战之时，蒙军将帅横行不羁，他们抢掠民财，残害百姓，导致城郭间不见人迹，残民往往避居山谷，垒石筑寨，以延旦夕之命。而汝州城因无险可守，金军主力亦在山中修建有屯兵的营寨，如金将呼延实所固住的岘山青阳寨。

《金史·列传第六十一·忠义三》卷一百二十三《姬汝作传》中，便多次提到岘山青阳寨，"天兴元年正月，同知宣徽院事张楷授防御使，自汴率襄、郏县土兵百余人入青阳埰。时呼延实者领青阳砦事，实赵城人，本杨沃衍部曲，以战功至宝昌军节度使，闲居汝之西山。楷自揣不能服众，乃以州事托实，寻往邓州从恒山公武仙。""然呼延实在青阳为总帅，忌汝作城守之功，不能相下，州事动为所制。实欲迁州入山，谓他日必为大兵所破。汝作以为仓中粮尚多，四面溃军日至，此辈经百死，激之皆可用，朝廷倚我守此州，总帅乃欲弃之，何心哉。"

二、明末清初天下大乱

明末崇祯时期，天灾人祸不断发生，各级官吏横征暴敛，使民怨沸腾，最终激起了规模庞大的民变——明末农民起义。在李自成、张献忠等"流贼"兴起的同时，各地也出现了许多据险肆掠的"土贼"，并最终形成"土流交汇"的局面。

崇祯十年（1637年），山东掖县人（今山东莱州）钱祚徵到任汝州知州。当时汝州局势混乱，除流寇时常骚扰州境外，南北山中的土贼更是肆虐横行，为害一方。在摸清土贼情况之后，钱祚徵采取"镇压和招抚并用"的政策，先剿灭几股势力较大的土贼，以震慑余众，再释放所俘人员，令其改过自新，为朝廷所用。

同时钱祚徵认为，若要从根本上剿灭土贼，就要从断绝土贼的给养入手。借鉴一些村镇因修筑寨堡而成功避过土贼劫掠的案例，钱祚徵创造性地提出了《寨兵分练法》。

即规定四乡百姓，每千户修筑一寨，挑选出身强力壮者严加训练，土贼来犯时，据寨自守，且各寨间守望相助，"连寨互保"，一寨有警，则周边寨堡同时派人援助。聚族而居、联村筑堡的方式，使原来分散居住的村民因共同防守的需要而集于一所寨堡，如此既能使居民"父母妻子，团聚一家，无流离死亡之忧，并不虑为贼逼胁"，又能做到堡寨林立、声势联络。

《寨兵分练法》实施后，土贼数次下山劫掠，均遭到乡勇们的勇猛反击，不但没有获得所需物资，还时有人员伤亡。此时钱祚徵释放被俘土贼的攻心战术，也开始发挥效用。先是贼首鲁加勤等率众归降，随后南召、登封等地的土贼也不断前来归附。钱祚徵遴选出骁勇善战者，送往军中效力，剩余贼众则分给耕牛、农具、种子等遣返原籍，使其安心务农，困扰汝州民众的土贼之患得以有效缓解。

《故明殉难州守钱公墓志铭》记载曰："公稔知贼甚众，伏匿山箐，覆巢为难计，莫若伐其飘卤之谋，而推诚开以生面，贼归我也，必矣。因悉宥俘囚释之归，乃丞著《寨兵分练法》，法每千家筑一寨，寨自为守，各寨自为援。贼至鸣金呼援，顷刻百里皆集，贼数出侵掠，皆失利去。众咸以饥疲为苦，会值纵囚生还，备道使君恩，皆信服，贼渠鲁加勤等遂率众降，南召、登封诸贼闻之，争诣汝就抚。公简其骁锐，送军门效用，余各给牛种遣之。抚成，邻境悉平。"

崇祯十四年（1641年）正月，李自成率领农民军自开封西向洛阳，一路势如破竹，于二十八日直逼汝州城下。钱祚徵率众严守，昼夜不懈。二月四日上午，农民军攻破汝州城，生擒钱祚徵，钱祚徵拒降被杀，汝州随之陷入无政府状态。

顺治元年（1644年），任芳到任汝州知州，城乡土贼再度蜂起，所幸各地此前修筑的寨堡发挥了巨大的效用，在政权鼎革的混乱时局中，保护了无数的百姓，并对后世汝州地区寨堡的修建产生了深远的影响。道光《直隶汝州全志·人物·义士》卷六记载曰："路云程，庠生。崇祯间，流寇土贼内外交流讧，程独防守存汝寨，孤立坚持，誓不从贼，卒赖以全。"

三、嘉庆年间白莲教起事

清乾隆后期，由于人口增长迅速，土地兼并严重，民众无以为生，最终于嘉庆元年（1796年），在湖北、四川、陕西边境大巴山脉及其周围地区，爆发了以白莲教徒为主体的武装反抗清政府事件，史称川楚教乱或川楚白莲教起事。

由于白莲教军流动作战，围剿堵截的清军疲于奔命，收效无多。清将明亮、德楞泰从少数地主豪绅筑寨练团抵御白莲教军收效甚好中受到启示，于嘉庆二年九月上疏朝廷行"坚壁清野"策，即在大市镇修筑土堡，环以深沟，其余因地制宜或堡或寨，战时将人、畜、粮藏于堡寨内，"贼近则更番守御，贼远则乘暇耕作。如此以逸待劳，贼匪所至，野无可掠，夜无可栖，败无可胁"，剿灭起义军指日可待。

嘉庆帝以"筑寨堡烦民，不如专擒首逆"为由拒绝此议。随着战争烈火愈燃愈炽，而清军四年围剿劳师糜饷，战绩欠佳。嘉庆帝从外臣奏报中得知"湖北隋州未被贼扰，因民人掘沟垒山，足资捍御"，认识到修筑寨堡是"保障良民生策"，于是诏命川、陕、豫仿行，坚壁清野之策正式施行。

当时河南境内虽没有爆发较大规模的白莲教教徒起事，然由于其毗邻湖北，嘉庆二年初，襄阳白莲教起事者分三路北趋河南，在河南境内转战两个多月后，再次朝陕西境内进发，他们穿州过府，所到之处给地方造成了巨大的混乱。

鉴于此，汝州一些旧有寨垣的村镇，再次兴起了修补寨墙的举动，如纸坊镇的纸坊寨，该寨不知创修于何时，至嘉庆二年白莲教军滋扰豫省之时，村中旧有寨墙早已破败不堪，士绅李大赠捐粟助工，予以重修。

《皇清敕封儒林郎应赠承德郎例晋赠奉直大夫太学生凤诏李公墓志铭》曰："所居镇旧有寨，渐倾颓，岁丁巳，楚匪蠢动，远迩患之，同井里约四五百户，议合耦补葺，而苦于粮价腾贵，公独慨然出粟百石，赖以成功，一乡获安堵。"

四、咸丰同治时期捻军起事

捻军是活跃在长江以北皖、苏、鲁、豫四省部分地区的反清农民武装势力，与太平天国同时期。捻军多次打败清军，成为北方反清斗争主力。战争给当地居民带来了惨痛的灾难。

据相关文献史料记载，捻军在汝州的活动，最早约始于咸丰六年。时年六月，南阳府各县饥民在沁阳、舞阳、遂平交界的角子山起事反清，他们仿照捻军建制，于叶县、舞阳、禹州、汝州、临颍等州县频繁开展"劫富"和"抗官"活动，不断侵扰角子山周边的几十个州县，汝州亦为其活动区域。

汝州历史上的捻军，主要为外来捻军，地方政府称之为流寇。官修《山东军兴记·皖匪篇》记载，捻军对所经乡村多有滋扰。

咸丰、同治年间，清政府以坚壁清野政策作为对付太平军和捻军的主要手段，民众也逐渐意识到寨墙可以起到良好的防御功能。于是，在朝廷的推动下，地方民众为求自保，积极响应，不论平原还是山区，寨堡如雨后春笋般修建了起来。

以目前所掌握的情况来看，汝州地区平原及山区的寨堡，多数创修于同治年间，其数量或占当时寨堡总量的百分之七十，这主要与同治元年至同治七年，捻军与清军在汝州周边各县的频繁拉锯有关，在汝州尚存不多的相关碑刻上，均可得到印证。

纸坊镇苏韩庄《创修后殿暨周围院墙补修前殿两旁配房碑记》记载曰："本寨当国朝定鼎之初，十室邑也。瓜瓞绵瑞，螽羽呈祥，历数传，编户渐有益百之庆焉。逮咸丰中叶，颍亳流寇蜂起，郡东团练，御贼于汝水之阳，一战败北，尸体枕藉，房屋灰烬，诚惨事也。嗣是兵贼骚扰，人不堪苦。至同治五年，议筑寨自保。度寨基两丈宽，内隍八尺，海濠两大弓，□均用五尺六寸。水隍乃系花户之地，与寨局无涉。追记于此，所以杜后世侵凌之弊也。"

寄料镇草积山祖师庙《重修祖师圣殿并金妆神像碑记》记载曰："同治年间，捻匪扰攘，蹂躏汝境。环山居民无以安集，即以此山险阻，可以避兵燹，可以图保聚，于是相势筑寨，结构成庐。"

大峪镇青牛山永和寨《武先生（官印振水、振河、振华）捐舍寨地碑记》记载曰："咸丰至同治年间，皖捻屡扰汝境，人民寝食不安，因思筑寨以自守。而筑寨必视夫地利。汝东卌里许，有山一座，俗名曰麦秸垛山（即青牛山），此诚山峪之险而得地利者也……何幸武先生眷念乡邻之情重，思亲友之谊切，聚众公议，赀财不图，情愿捐此山之地，以与众筑寨。"

五、清末民国社会动乱

清朝后期，随着国内各地反清运动的不断爆发，西方列强也争先恐后地夺取侵华权益，再加上清政府统治者的昏聩奢靡，被逼至绝境的民众，无奈只得铤而走险，落草为寇。

民国建立后，随之而来的是长期的军阀混战，再加上农村经济日益衰弱，民生凋敝，更助长了土匪的产生，于是地方上的一些地痞恶霸及大量溃兵也乘机而起，走上了打家劫舍之路，形成了"兵匪莫辨"之现象。土匪猖獗，盗贼横行，成为这一时期的重要历史特征。

时局的动荡，使得寨堡再次成为人们抵御匪患的重要防守设施，于是继咸丰同治时期以后，汝州民间再次掀起修筑寨堡的高潮。此后新寨逐渐增加，老寨也不断被重修加固，至民国末年，汝州平原及山区的寨堡数量达到了历史最高峰，凡是有一定经济实力的平原村庄，大多修筑了高大的寨墙。一些人口较少的山区村子，便集相邻数村之力，在附近的黄土崖或者山头上夯土为堡、垒石为寨，以此来躲避土匪的滋扰。

寄料镇九峰山玉皇庙《九峰寄山重修祖师殿、玉皇殿、伽蓝大殿碑记》记载曰："汝之南、鲁之西北界有山焉，竣极莫比。其上有庙一座，前殿三楹曰祖师，后殿三楹曰玉皇，历年多所栋宇神像脱落无光。民国纪元以来，刀匪猖獗，四方之民逃居山寨者，蒙神灵之保护，悯庙貌之倾坏，募化四方，庀材鸠工，不数月而堂构辉煌，神像照耀。"

大峪镇辉泉保安寨《创立保安寨碑记》记载曰："辉泉村南保安寨，筑于民国元年，首事贾君中金舍地三亩，赵君永祥舍地二亩，以定基础。于君培敬、张君相南、贾君中才、贾君中福同心协力，以尽经营，兼之众人辐凑而致力，比户蚁附而助工，不数旬，而石寨告成。"

六、结语

纵观汝州地区民间古寨堡的修建史，其增多与减少，与国家政局的发展及走向均有着密切的关联。凡是中央集权统治力量强大和社会承平的时期，民间寨堡就自然减少；凡是中央集权统治力量薄弱和战乱频繁的时期，民间寨堡就自然增加。汝州民间寨堡修筑的五个高峰期，就充分反映了古寨堡的修筑与当时的社会状况的关系密切。在社会动荡的时期，政府失去了对基层社会秩序的管控能力，整个乡村社会迅速陷入失控局面，这种情况之下，便出现了民众自发修筑寨堡以图自保的情况，从而也明确了汝州乡村寨堡修筑盛行的历史背景。

后 记

　　在汝州市档案局领导的重视关怀下，在各位同事们的支持配合下，历经十多年的寻找、拍摄、走访、整理，今天我们终于可以将目前在汝州寻访到的、建筑遗迹比较丰富的79座古山寨的面貌，原汁原味地奉献给大家，让生活在幸福年代的人们可以近距离地全面了解这些充满历史沧桑、见证汝州发展的文化遗存，品味这些古建筑的文化魅力。

　　萌生将汝州古山寨用影像和文字资料保存下来的念头，源于2008年春。那是人间最美三月天，阳光柔媚，杏花初绽，我跟随朋友们到大峪登山。当我奋力登上楼铧山之巅，第一次邂逅虎踞龙盘的楼铧山寨，看到那作为历史见证、正在逐年残破的古建筑时，心中的敬畏之意油然而生，同时，也被它的沧桑和雄伟所震撼。细想在那动乱年代，我们的先民为了保护生命财产，要付出怎样的艰辛和努力，才能将一块块巨大的石头垒砌在我们徒手攀登都觉得艰难无比的陡峭山巅啊！

　　回来后，我将拍摄到的山寨照片拿给热爱家乡文化的市档案局局长胡海伟和影友李新建两位老师，他们鼓励我说，汝州有很多这样的山寨，如果能用镜头和文字将此记录下来，就是给汝州人民留下了一笔宝贵的财富，一段不可忘却的记忆。之后，我想查找有关汝州山寨的资料，但有文字可查的只有大家耳熟能详的几座山寨，且很多文字都是转抄复制的。

　　汝州是否还有其他山寨？它们都分布在哪里？现状如何？里面蕴含着怎样的故事？这些疑问一直在我脑海中盘旋。档案局领导的鼓励、同仁们的支持，坚定了我探寻古山寨的决心，开始了长达十余年的寻访古寨之行。

　　"路虽远，行则必至，事虽难，做则必成。"拍摄古山寨的道路艰难而漫长。山高路险，途中遇到的困难和危险几乎伴随着我的每一次行程：

　　难忘艰难登上白云寨，却因烈日高照而中暑，孤身躺在草丛时的凄然无助……

　　难忘行走荒山野岭，四处寻找蒋姑寨，却意外撞见持枪歹徒时的惊慌失措……

　　难忘攀登红石寨，失足摔倒荆棘丛中，双手鲜血淋淋时的疼痛无比……

难忘步履蹒跚登上磨盘山，却因山顶风声呼啸无法航拍时的着急无奈……

难忘三探摩天岭，却遍寻不见摩天寨时的迷茫……

难忘攀缘尖山突遇暴雨来袭，任凭大雨将自己浑身淋湿，却只顾用冲锋衣包裹相机和无人机时的手忙脚乱……

难忘为拍山寨雪景，小心翼翼踏雪行走山崖边时的胆战心惊……

难忘使用无人机航拍山寨，意外摔坏时的懊恼不已……

时间到了2016年。在这几年中，我在工作之余，利用一切机会四处寻访有关山寨的踪迹，并亲自登上高山，走进村舍，用相机记录山寨伫立群峰之巅的雄姿，用走访收集到的文字信息描述山寨残破的身躯。正当我满怀信心，准备将寻访到的古山寨资料结集成书时，无人机的出现彻底打乱了我的计划。

在曾经的走访拍摄过程中，我依赖的只是手中普通的佳能50D和尼康750相机，由于相机镜头视角的局限，无法像无人机那样可以从空中俯瞰，展示出耸立于山巅的山寨全貌。怎么办？是就此停下脚步，还是再将这些山寨重新走上一遍？我犹豫不定。

因为如果在平原地带拍摄，不用费太大的体力，驱车即可到达。但山寨大都位于危崖高耸、人迹罕至的山顶，在起到防御作用的同时，不但给当时修建寨子的人们增加了一定的难度，也让我们这些慕名前来的拜访者吃尽了苦头。其中的艰辛也只有亲身经历过的人才能够体会。

地势险峻，山高路险，这些都还好克服，最难的是，当你访遍亲朋好友，最终得到一条线索而慕名前往时，却因山寨荒芜太久，上山的小路早已被荒草和灌木丛所掩盖，以至于寻觅不到上山的路径。很多时候都必须要找向导带路，请老乡拿着砍刀在前面披荆斩棘，才不至迷路于荒山野岭。而等你费尽千辛万苦最终到达山顶的时候，或是因为风大无人机无法升起，或是因为天气变幻、云遮雾绕而无法拍照，最终不得不无功而返。

再加上一年之中可以拍摄山寨的时间非常有限。夏季由于山中植被茂盛，几乎坍塌殆尽的山寨痕迹就会被浓密的绿荫所掩盖，无法拍到真实的山寨全貌。到了寒冬时节，白雪覆盖四野，登山的危险系数自然加大不少，再加上万木凋零，灰蒙蒙的一片，拍摄出来的照片自然也就少了那么一点韵味。最关键的还是体力问题，每次登山，因为需要时间长，除了要背上相机、无人机之外，还得带上测量工具和吃喝用物等。硕大的背包常常压得我喘不过气来，更别提还要徒手去攀登那些陡峭的山崖。

巍峨的高山，陡峭的崖壁；寒冬季的积雪，酷暑时的荆棘；头顶的烈日，脚下的乱石；肩背无人机，手中拎相机……每拜访一个山寨，至少需要一天的艰难攀爬，方可到达。有时候，为了拍出山寨在晨光中的雄姿，还需要扎帐夜宿山间。其间所耗费的精力、体力可想而知。运气好时可以拍摄到所需要的清晰照片，如遇到雾霾或者大风，那么，这一日的辛苦攀登顿时便化为了徒劳。

明知前途困难重重,但深陷其中的我此时已无力自拔。思忖再三,决定克服一切困难,再用几年时间,将曾经拍摄过的山寨重新走上一遍,力求用无人机航拍这种上帝的视角,把山寨最直观、最清晰的画面展示给大家!

在探访古山寨的过程中,很多领导和朋友们给予了我无私的支持和莫大的鼓励。档案局领导给我大开绿灯,多次派车派人支持。市委组织部常务副部长范红超、原市委副秘书长兼市直工委书记姚艳丽、河南省四知堂制药有限公司党委书记周遂记、时任档案局局长胡海伟、现任档案局长连艳红以及其他领导同事们,一直非常关注古山寨工作的探访和进展,对本书的出版工作给予了莫大的支持。郭鸿志、彭忠彦、贾顺卿、平党中等几位老师在忙于研究汝州文化的间隙,利用在寄料、大峪、夏店工作或老家在那里的便利条件,寻朋问友,帮我找到几个位置非常隐蔽的古山寨,并抽出时间亲自陪同我登山探访。陈建国、杨占营、张礼安、刘孟博、尚自昌、张建庄、刘占江等老师为了让我进一步了解汝州古山寨的历史渊源,特意将他们所能翻阅到的有关古寨的文史资料找寻出来,供我参考、学习。并抽出时间,同贾振杰、郭广杰、柴新峰、郭玉善、王国成、孙淑霞等老师一起,数次陪我上山、下乡走访,就文史资料中对古寨的描述与古寨现状逐一核实对比。

同时,还要感谢一直以来鼓励我、关心我的朋友和我挚爱的家人们,你们的无私支持,是我能够坚持走下去的最大动力!

2020年7月,在《汝州古山寨》文字和图片基本整理完毕的情况下,为了进一步确认山寨的历史脉络,我和汝州市档案局赵方方副局长一起,前往郑州参加了全形拓学习班。回来后,我们利用所学到的技术,再次攀登上保存有古碑刻的十几座山寨,风餐露宿,辛苦数月,将其中的碑刻尽可能完整地进行了拓印。然后邀请汝州文史界的老师们,共同对拓印下来的文字仔细甄别,特别对其中有关山寨的年代和历史进行逐一核实,从而进一步确保了古寨史料的完整性和准确性。

时至今日,我终于能够静下心来,将这79座古山寨的文字资料和图片信息编纂成书,奉献给大家,也算是了却了一桩多年的心愿。

汝州古山寨,是不可忘却的记忆!它们不但真实记录了那个时代人们的生存现状,而且也是汝州历史文化最直接的传承者,其精彩之处,远非我一己之力所能彰显,挂一漏万在所难免。其不足之处,还请广大读者见谅。

陈素贞(阿贞)

2022年秋